THE QUEEN OF CRIME
繁體中文版
20週年
紀念珍藏

白羅的聖誕假期

阿嘉莎・克莉絲蒂——著
黃曉鶻——譯

Hercule
Poirot's
Christmas

策畫者的話

通俗是一種功力

吳念真（導演、作家）

通俗是一種功力。絕對自覺的通俗更是一種絕對的功力。

這樣的話從我這種俗氣的人的嘴巴說出來，大概很多人要笑破褲底了。不過，笑完之後請容我稍稍申訴。這申訴說得或許會比較長一點，以及，通俗一點。

小時候身材很爛，各種遊戲競爭完全任人宰割，唯一隱遁逃避的方法是躲起來看書或聽大人瞎掰。那年頭窮鄉僻壤的小孩能看的書不多，小學二年級時最喜歡的是超大本的《文壇》，老師借的。看著看著，某天老師發現我的造句竟出現：「捧著：朝陽捧著一臉笑顏為群山剪綵」這樣亂七八糟的文字，就拒絕再讓我看那些超齡的東西了。

老師的書不給看，我開始抓大人的書看。一種是厚得跟磚塊一樣的日文書，對我來說那完全是天書，但插圖好看，經常有限制級的素描。另一種書是比較薄的，通常藏得很嚴密，只是裡面有太多專有名詞、重複的單字和毫無限制的標點，比如「啊啊啊」、「……！！！」

老讓我百思不解。有一天，充滿求知欲地詢問大人竟然換來一巴掌後，那種閱讀的機會和樂趣也隨著消失了。

所幸這些閱讀的失落感，很快從大人的龍門陣中重新得到養分。講到這裡，我似乎先得跟一個村中長輩游條春先生致敬，並願他在天之靈安息。

我所成長的礦區，幾乎全是為著黃金而從四面八方擁至的冒險型人物，每人幾乎都有一段異於常人的傳奇故事。這些故事當事人說來未必精采，但一透過游條春先生的嘴巴重現，有時連當事人都聽得忘我，甚至涕泗縱橫，彷彿聽的是別人的故事。

條春伯沒當過日本兵，可是他可以綜合一堆台籍日本兵的遭遇，一如連續劇般從入伍、受訓、逃亡荒島，面對同鄉同袍的死亡，並取下他們的骨骸寄望帶回故鄉，乃至骨骸過多搞不清哪是誰的等等，讓聽的人完全隨他的敘述或悲或笑，彷彿跟他一起打了一場太平洋戰爭。此外他也可以把新聞事件說得讓一個三、四年級的小孩，到現在仍記得當時腦中被觸動的畫面。例如當年瑠公圳分屍案的凶手做案之後帶著小孩到安東街吃麵（這讓我一直以為台北的安東街是條專門賣麵的街道），還有甘迺迪總統被暗殺、賈桂琳抱住她先生、安全人員跳上飛快的車子保護賈桂琳……當然，這記憶全來自條春伯的嘴巴而不是報紙。我的記憶全是畫面，有畫面，是因為條春伯說得精采，說得有如親臨他至死都還搞不清地理位置的達拉斯命案現場。

於是這小孩長大後無條件地相信：通俗是一種功力，絕對自覺的通俗更是一種絕對的功力。透過那樣自覺的通俗傳播，即使連大字都不識一個的人，都能得到和高階閱讀者一樣的感動、快樂、共鳴，和所謂的知識、文化自然順暢的接軌。也許就是因為這些活生生的例子，俗氣的自己始終相信：講理念容易講故事難，講人人皆懂、皆能入迷的故事更難，而能隨時把這樣的故事講個不停的人，絕對值得立碑立傳。

條春伯嚴格地說是有自覺的轉述者，至於創作者，我的心目中有兩個。一個是日本導演山田洋次，一個是推理小說家阿嘉莎．克莉絲蒂。

山田洋次創造了寅次郎這個集合所有男人優點跟缺點的角色，在以《男人真命苦》為名的系列下，總共完成百部左右的電影。它們的敘述風格、開頭、結尾的方法不變，唯一改變的是故事，是時代，是遍歷日本小鄉小鎮的場景。數十年來，看《男人真命苦》幾已成為日本人每年的一種儀式，一如新春的神社參拜。

數十年前訪問過山田導演，他說，當他發現電影已然有它被期待的性格時，電影已經不是導演自己的。他說：當所有人都感動於美人魚的歌聲時，你願意為了讓她擁有跟你一樣的腳，而讓她失去人間少有的嗓音嗎？

人間少有的嗓音與動人的歌聲，都來自山田導演絕對自覺的通俗創造。

再如阿嘉莎．克莉絲蒂，如果我們光拿出她說過的故事和聽過她故事的人口數字，就足以嚇死你。五十多年的寫作生涯，她總共寫出六十六本長篇推理小說，外加一百多篇短篇小說和劇本。其中有二十六本推理小說被改編，拍了四十多部電影和電視劇集。作品被翻譯成一百零三種文字的版本，銷量超過二十億本。

夠了。你還想知道什麼？知道二十億本的意義是什麼嗎？二十億本的意義是全世界平均三個人就有一個人讀過她的書，聽過她說的故事。

說來巧合，她和山田洋次一樣，創造出個性鮮明的固定主角（當然，前前後後她弄出來好幾個），然後由他（或是她）帶引我們走進一個犯罪現場，追尋真正的罪犯。

故事就這樣？沒錯，應該說這是通常的架構。那你要我看什麼？不急，真的不急，克莉絲蒂會慢慢冒出一堆足夠讓你疑惑、驚嚇、意外，甚至滿足你的想像力、考驗你的耐心和智商的事件來。

推理小說不都是這樣嗎？你說得沒錯，大部分是這樣，不一樣的是……對了，她像條春伯，像山田洋次，她真會說，而且她用文字說。

文字的敘述可以讓全世界幾代的人「聽」得過癮、「聽」個不停，除了聖經，也許就是克莉絲蒂。她不是神，但她真的夠神。

數十年前，台灣剛剛出現她的推理系列中譯本，那時是我結婚前，常有同齡的文藝青年來我租住的地方借宿，瞄到我在看克莉絲蒂，表情詭異地說：「啊？你在看三毛促銷的這個喔？」

我只記得他抓了一本進廁所，清晨四點多，他敲開我的房門說：「幹，我實在很討厭那個白羅……再拿一本來看看，我跟你說真的，要不是你的書，我真的很想把那個矮儸壓到馬桶吃屎！」

我知道他毀了，愛吃又假客氣，撐著尊嚴騙自己。克莉絲蒂再度優雅地撕破一個高貴的知識份子的假面具，她的手法簡單，那手法叫通俗，絕對自覺的通俗，無與倫比、無法招架的功力。

昔日的文藝青年如今跟我一樣，已然老去，但不時還會看到他寫一些充滿理念和使命感極重的文章，在報紙和雜誌上出現。我知道他要說什麼，只是常常疑惑他想跟誰說；同樣，我記得他說過什麼，但轉眼間忘記他說了什麼。但請原諒我，幾十年前那個晚上，他在我家看完的那兩本克莉絲蒂的小說內容，我可還記得清清楚楚。

也許有一天再遇到他的時候，我會問他之後是否還看過克莉絲蒂其他的書，如果沒有，我會跟他說，想讀要趁早，因為你會老、會來不及。至於白羅那個矮儸，大概永遠不會消失。哦，對了，還有一個叫瑪波，你說不定會來不及認識……

老派偵探之必要

冬陽（推理評論人，台灣推理作家協會理事長）

「讀者非常喜歡白羅這個人物，表示『那個開朗的小個子，過氣的比利時名偵探』。顯然白羅是這本小說受歡迎的一個原因，雖然白羅可能不贊同用『過氣』二字來形容他。」知名編輯兼作家經紀人約翰．柯倫（John Curran）在《阿嘉莎．克莉絲蒂的秘密筆記》一書如是說，文中提到的「這本小說」，正是克莉絲蒂初試啼聲、名偵探赫丘勒．白羅優雅登場的《史岱爾莊謀殺案》，一部於一個世紀前出版的偵探推理作品。

百年光陰的淬鍊顯然證明了白羅絕無過氣的疲態，連帶讓我聯想起電影《金牌特務》（*Kingsman*）上映後，大眾熱議西裝如何能帥氣俊挺歷久不衰——或許可以從這個切入角度，在這裡跟老書迷、新讀友探究這個蛋頭翹鬍子偵探（我沒有影射哪款洋芋片食品喔）的魅力所在。

且讓我們話說從頭。

「我敢打賭你寫不出好的推理小說。」一九一六年，阿嘉莎・米勒（克莉絲蒂婚前的舊姓）在媽媽的打字機上敲擊，打算回應姐姐梅姬這挑釁的話語。她努力嘗試，但故事寫得不好，於是改從身旁熟悉的事物著手——比方說毒藥。阿嘉莎在藥房工作過，曾在某個夜裡驚醒，匆匆回到調劑室重新配置，因為她不記得有沒有漏做一個重要步驟，否則病患就要去見閻王了——噢，這似乎是個謀殺好點子。

阿嘉莎還記得姨婆對她的叮嚀：要注意他人覬覦她珍藏的首飾，時時留意是不是有人偷偷拉長了耳朵聽她們的竊竊私語。小阿嘉莎不但執行得徹底，還把這個習慣寫進小說裡。同時她還注意到，因為世界大戰爆發，家鄉托基湧入許多比利時難民，不如讓一個逃難到英國的比利時退休警官擔任偵探？一定很有趣！

啊，偵探小說顧名思義，只要塑造出一個教人印象深刻的偵探，大概就成功一半。這個人物必須要有特色、有個性，甚至是怪癖，而且聰明又自負。好幾個名字浮現在她腦海裡：莫里斯・盧布朗（Maurice Leblanc）筆下的怪盜紳士亞森・羅蘋、卡斯頓・勒胡（Gaston Leroux）創造的新聞記者胡爾達必，當然還有那最最知名的夏洛克・福爾摩斯——連帶創造一個華生型的助手好了。該怎麼安排呢……

於是，一位偵探的樣貌漸漸成形：五呎四吋的小個兒，蛋型臉上蓄著保養得宜、梳理有型的鬍子，衣著一塵不染，漆皮鞋擦得錚亮。他有嚴重的潔癖，說話不時夾雜法語，喜歡成雙成對的東西，喜歡方的不喜歡圓的（雞蛋為什麼不是方的呢？），口頭禪是「動動灰色的腦細胞」。阿嘉莎心想，他應該要有個像福爾摩斯一樣響亮的名字，取名「赫丘勒斯」怎麼樣？希臘神話中的大力士。姓氏叫白羅，不過搭赫丘勒斯這個名字好像不配……改一下，赫丘勒．白羅好像不錯？就這麼定了吧！

白羅很聰明，懂得觀察入微沒錯，但這並不表示他就得是台獨尊腦袋、缺乏情感的冰冷思考機器，尤其要在人物關係錯綜複雜的莊園宅邸查案追凶，交際手腕得高明些才行。他不是在謀殺發生、屍體出現後才開始像頭獵犬四處嗅聞，而是憑藉旺盛的好奇心與強烈的同理心接觸各種人事物，進而探入被害者、犯罪者、各個看似無辜但多少都和事件沾上邊的關係者的心靈深處，佐以現今稱作鑑識、法醫等等科學鐵證（哎，證據人人知道，可是要怎麼跟真相合理地連結到一塊，這就是名偵探的功力啦），讓原本叫人束手無策的事件得以畫下完美句點。也因此，白羅偶爾能預測進而制止罪案的發生，甚至對殘酷但值得憐憫的罪行網開一面，這樣才合乎人性不是嗎？

婚後以阿嘉莎．克莉絲蒂為名，推出《史岱爾莊謀殺案》後深獲好評，相隔六年的《羅傑艾克洛命案》更是引發街談巷議，而克莉絲蒂全球暢銷前十大作品中，還包括《東方快車謀殺案》、《尼羅河謀殺案》、《ＡＢＣ謀殺案》、《藍色列車之謎》、《底牌》、《五隻小豬之歌》，合計八部皆由白羅擔綱演出。讀者不只喜愛這個聰明角色，還臣服於平實流暢的文筆及相對顯得衝突的複雜劇情，冷酷的謀殺動機隱藏在細膩的人際關係裡，穿透看似單純、帶點童話氣息的表象後，端賴名偵探明察秋毫、撥亂反正。尤其讓一個比利時人在英國土地上辦案，是克莉絲蒂的小心思，因為「英國人總是不信任外國人，也不相信睿智」（語出英國偵探俱樂部主席馬丁・愛德華茲〔Martin Edwards〕），讀者同凶手一樣輕忽不設防，卻也得到了參與鬥智競賽的意外驚奇和美好滿足。

這樣的閱讀感受，我稱之為「老派偵探之必要」，因為它純粹簡約，經得起反覆咀嚼，猶如前述的西裝革履，在潮流更迭的時間長河裡維持恆久的優雅風範——呼應吳念真先生寫在「策畫者的話」中的一段文字，那不是惺惺作態的高傲睥睨，而是「絕對自覺的通俗，無與倫比、無法招架的功力」所致。

不信？往下讀去就知道。而且我敢打賭，你有很高的比例會將整個白羅系列嗑完，然後是瑪波小姐系列以及其他系列，當然也不可能錯過像名列暢銷首位的《一個都不留》這類獨立之作……

註　克莉絲蒂推理全集一至三十八冊為「神探白羅系列」，三十九至五十二冊為「神探瑪波系列」，五十三至八十冊包含鬼豔先生、湯米與陶品絲、雷斯上校、巴門主任等名探故事。

獻詞

阿嘉莎・克莉絲蒂是世界讀者最眾，也最廣受喜愛的女作家。
身為克莉絲蒂的孫兒，我相信奶奶會非常樂見這次出版，
因為她極以自己作品中的趣味與娛樂為豪。
歡迎所有喜歡本系列的台灣新讀者參與這場饗宴！

——馬修・培察（Mathew Prichard）

01 十二月二十二日

史帝芬一邊沿著站台輕快地走著，一邊豎起了外衣的領子。車站上空籠罩著一片黯霧。巨型引擎發出嘶嘶的聲響，把大團大團的蒸汽吐進陰冷潮溼的空氣中。所有東西都顯得灰撲而骯髒。

史帝芬嫌惡地看著眼前的一切。

多麼令人反感的國度，多麼令人厭惡的城市。

最初令史帝芬興奮不已的倫敦、倫敦的商店、飯廳及打扮入時的迷人女性，如今已魅力不再。現在倫敦在他眼裡，不過是汙地裡一塊發光的晶石罷了。

假如他身在南非……想到這裡他突然感到一陣思鄉的痛楚。陽光，藍天，滿園的花卉，湛藍的花朵，叢生的石墨，攀附在每棟小屋上的藍旋花。

而在這裡，塵埃、汙垢，還有那望之不盡、奔流不息的人群……爭相推擠疾行，如同蟻窩邊匆忙奔走的蟻隻。

史帝芬一時間想著，我要是沒來就好了……

接著，當他想起自己此行的目的，嘴便繃成一條堅毅的直線了。不，見鬼！他一定得繼續下去！他已經為此計畫好了些年。他一直就打算要這麼做……做他將要進行的事。對，他一定得堅持下去！

那一時的猶疑，突如其來的自我懷疑……為什麼要這麼做？值得嗎？為什麼一定要死守過去？為什麼不能忘掉所有的事情？……全都僅僅出自於軟弱。他不是孩子了，怎能如此任性？他是個四十歲、充滿信心、目標明確的男子啊！他會堅持下去，達成此番到英格蘭的目的。史帝芬登上火車，沿著過道邊走邊找座位。他剛剛趕開了一個腳夫，自己拿著生牛皮製的箱子，一個車廂接著一個車廂地尋找。火車全滿了，因為離聖誕節僅剩三天。史帝芬・法爾厭惡地看著擁擠不堪的車廂。

都是人！沒完沒了、數不清的人！而且都是這麼面目可憎，這麼相似，可怕的相似！那些人長得不是像綿羊就是像兔子。

他們之中有些人在喋喋不休、大驚小怪；另一些臃腫的中年男人則哼哼唧唧，更像是豬。即便是那些長著瓜子臉、唇紅齒白的苗條女孩，也是相似得可悲。

想到這裡，史帝芬心裡突然升起一股渴望，渴望南非廣闊無垠的草原，炙熱的陽光，荒煙人稀……

就在這時，史帝芬屏住了呼吸，望進一個車廂裡。那女孩如此出眾，秀髮烏黑，膚若凝脂，眼睛幽深如夜，那憂鬱高傲的眼神是南歐人所特有的……女孩坐在火車中這些呆滯的人群裡，顯得異常突兀，她根本不該來到這陰霾的英格蘭中部。她應該倚在陽台上，嘴裡銜著玫瑰，頭披黑色蕾絲，而空氣裡應飄散著塵土、熱浪與血腥的氣息，有著牛環叮噹作響……她實在應該出現在那些富麗輝煌的地方，而不是擠在此種三等車廂的角落裡。

史帝芬是個細心的男人，他注意到女孩寒酸的黑色小外套和襯衣，以及劣質的線織手套，還有那單薄的鞋子和豔紅得刺眼的手提袋。然而史帝芬依然覺得女孩光彩照人。她高雅細緻，有種異國風情……

女孩到這種寒冷多霧、人們忙若蟻隻的國度裡做什麼？

史帝芬心想，我一定要知道她是誰，來這兒做什麼……我一定要知道……

§

珮洛兒緊貼窗戶坐著，心想英國的氣味怎會如此古怪……這就是迄今為止，她對英格蘭最深刻的感受：全然不同的氣味。這裡沒有蒜香，沒有泥土的芳息，也幾乎聞不到香氣。在這個車廂裡，有的只是一種窒悶的寒意……火車的硫磺味、肥皂味，以及另一種令人作嘔的氣味，珮洛兒覺得這氣味來自她身邊那位胖女人的毛領。珮洛兒敏感地抽抽鼻子，不情願地吸著樟腦球那難聞的味道。她暗想，在自己身上搽這種味道，也太怪了吧。

汽笛長鳴，有人高喊一聲，火車緩緩駛出了車站。他們出發了，而她也上路了……

珮洛兒的心跳略略加快。一切會順利進行嗎？她能完成自己的任務嗎？一定會的，一定可以。她把一切都仔細考慮過了……她對所有的可能都做了準備。噢，是的，她會成功的，她必須成功……

珮洛兒菱形的紅唇微微上揚，霎時牽出了一絲冷酷；冷酷而貪婪，就像孩子或是貓隻的嘴，一張只知道自己的欲望而不知道憐憫的嘴。

她像個孩子似地，率真而好奇的環顧四周。一共有七個人，他們好滑稽啊！這些英國人！他們看起來都那麼富有、闊氣——瞧他們的衣服、他們的靴子——呵！英國無疑和她向來聽說的一樣，是個富裕的地方。可是他們一點也不快樂，對，他們顯然並不快樂。

走廊上站了一名英俊的男子……珮洛兒覺得他長得很帥。她喜歡那男子古銅色的面容和高挺的鼻子，以及那寬闊的雙肩。珮洛兒比英國女孩要伶俐，她看得出男人很欣賞她。雖然她並沒有正眼瞧他，卻知道男子頻頻望向她。

珮洛兒不動聲色的把一切擺在心裡，在她自己的國家，男人看女人是理所當然的，而且從不會過分掩飾。她懷疑對方是不是英國人，最後認為他不是。

英國人沒有那麼活潑率直，珮洛兒心想，不過他很好看，說不定是個美國人。一定是的，他很像珮洛兒在西部電影裡看到的演員。

一名服務員沿著走廊過來。

「午餐時間到了，午餐時間到了，請準備用餐。」

珮洛兒車廂裡的七位乘客紛紛掏出午餐券，大夥全體起立，車廂裡頓時化為空城，清冷極了。

珮洛兒飛快地把窗戶拉上，那是坐在對面角落那位灰髮女士剛剛放下的。珮洛兒舒適地癱靠在座位上，望著窗外倫敦北郊的景致。她沒有因為自動拉門發出聲響而回過頭去。她知道，是走廊裡那個男子，他一定是為了和她搭訕才進來的。

珮洛兒依舊望著窗外，一副沉思的模樣。

史帝芬．法爾說：「你想把窗戶全放下來嗎？」

珮洛兒故作端莊地答道：「正好相反，我剛剛才把它拉上。」

珮洛兒的英語說得極好，但仍帶著淡淡的口音。

在隨後片刻的沉默中，史帝芬想：好甜美的聲音哪，彷彿染著陽光，暖若夏夜……

珮洛兒也暗忖，我喜歡他的聲音，宏亮而有力。他很吸引人……是的，他很迷人。

史帝芬說：「這車好擠啊。」

「噢，是啊。大家都離開倫敦，我想是因為那兒太沉鬱了。」

珮洛兒自小所受的教育，讓她不覺得在火車上和陌生男人說話是種罪過。她完全可以像別的女孩一樣照顧好自己，但她並不願死守那些所謂的禮教戒律。

如果史帝芬是在英格蘭長大的，也許他會羞於與年輕女孩攀談。但史帝芬是個隨性的傢伙，他覺得自己高興和誰說話就和誰說話。

史帝芬不自覺地笑著說：「倫敦是個相當可怕的地方，不是嗎？」

「噢，是呀，我一點兒也不喜歡那兒。」

「我也是。」

珮洛兒問：「你不是英國人，對吧？」

「我是，但我從南非來的。」

「噢，我明白了，難怪。」

「你剛從國外來嗎？」

珮洛兒點點頭。

「我從西班牙來的。」

史帝芬很感興趣。

「你真的從西班牙來的嗎？那麼你是西班牙人囉？」

「一半是，家母是英國人，所以我英語才說得這麼好。」

「那邊仗打得怎麼樣了？」史帝芬問。

「太可怕了，好慘哪。簡直滿目瘡痍，真的。」

「你支持哪一邊？」

珮洛兒的政治立場十分模糊，她解釋說，他們村子裡沒有人關心打仗的事。「戰場離我們很遠，你知道。市長是國家官員，當然支持政府了，而神父則支持佛朗哥將軍[1]……但大多數人都忙著照料他們的葡萄園和農地，沒時間管這些事。」

「所以你們那附近沒在打仗囉？」

珮洛兒說一直都沒有過。

「可是，後來我坐汽車橫越國內各地，」她解釋道，「發現遍地都是廢墟，我還看見一

1 佛朗哥將軍（Francisco Franco, 1892-1975），西班牙獨裁者，一九三六年發動軍事叛變取得政權，實施長達三十六年的專制統治。

顆炸彈掉下來炸毀了一輛車，另一顆炸毀了一棟房子。好刺激呀！」
史帝芬．法爾露出一絲不易覺察的獰笑。
「這就是你的感覺嗎？」
「也很麻煩呢，」珮洛兒說，「因為我想接著走，可是我們車的司機被炸死了。」
史帝芬看著她說：「你一點都不難過嗎？」
珮洛兒的黑眼睛睜得極大。
「每個人都會死的呀，不是嗎？被天上掉下來的炸彈一下子轟死，比其他任何死法都要痛快。人會活一陣子……是的，然後就死了，世事不就是如此嘛。」
史帝芬．法爾笑了。
「我認為你不是一個和平主義者。」
「你認為我不是什麼？」珮洛兒對這個新的語彙似乎無法意會。
「你會原諒你的仇人嗎，小姐？」
珮洛兒搖搖頭。
「我沒有仇人，不過，如果我有……」
「怎麼樣？」
他注視著她，再一次被她那微彎、可愛又無情的嘴迷住了。

珮洛兒嚴肅地說：「如果我有仇人，如果有人恨我而我也恨他，那我就會割斷他的喉嚨，像這樣……」

她做了個手勢。那手勢快捷而毫不留情，令史帝芬．法爾吃了一驚。他說：「你真是個嗜血的女孩。」

珮洛兒淡淡地反問了一句：「那你會怎樣對待你的仇人呢？」

他一開始先是盯著她，然後大笑起來。

「我不知道，」他說，「我不知道……」

珮洛兒不滿意地說：「但你一定知道的。」

他止住笑，倒吸口氣，低聲答道：「對，我知道……」然後他馬上換了一種態度，問道：「你到英格蘭來幹什麼？」

珮洛兒帶著一種端莊的神情答道：「我來這兒投靠我的親戚們，我的英國親戚。」

「我明白了。」

他靠在椅背上，仔細打量她，猜想她所說的那些英國親戚是什麼樣子，他們會怎麼對待這個來自西班牙的陌生女孩……他試圖想像她處在一群嚴肅的英國人之間過聖誕節的情景。

珮洛兒問他：「南非很不錯，是嗎？」

他開始講述有關南非的事。她就像孩子聽故事般地專注聆聽。他喜歡她天真又精明的問題，而且樂於為她編造誇張的童話故事。

車廂裡的乘客都回來了，兩人之間的閒聊也只好到此為止。史帝芬站起身，微笑著和她對視了一眼，又步入走廊裡。

他在門口站了一會兒，以便讓一名年邁的太太先進來，這時，他的目光落在珮洛兒那個草編的外國旅行箱標籤上。他興味盎然地默念著她的名字：珮洛兒．艾托瓦多小姐；然而看見地址時，史帝芬的眼睛不由得瞪大了，上面寫著：戈斯洞莊，長谷，阿斯菲德。

他微微側身，盯著那個女孩，臉上露出一種複雜的神情，迷惑、怨恨、懷疑……史帝芬來到走廊，站在那兒點菸，皺著眉頭。

§

在戈斯洞莊金碧輝煌的大廳裡，艾菲德．李邑和他的妻子莉迪亞正坐在那兒討論聖誕節的計畫。艾菲德是個體型高大的中年男子，面容慈善，一對棕色眼睛十分溫柔，說話時聲音輕緩，吐字清晰。艾菲德的腦袋縮在肩膀裡，看來有種怪異的拙鈍。他的妻子莉迪亞是位伶俐瘦削、靈活若獵犬的女人。她雖然極瘦，但舉止間在在透著懾人的優雅。

莉迪亞散漫不馴的面容算不上美麗，但有一種不凡的氣質。她的嗓音很迷人，艾菲德說：「父親堅持要這樣做！這是沒辦法的事。」

莉迪亞按捺住突來的不耐，說道：「你非得每次都向他讓步嗎？」

「他年紀大了，親愛的……」

「噢，我知道，我知道！」

「老人家希望能照自己的意思。」

莉迪亞冷冷地表示：「當然啦，反正我們一向能稱他的心！可是有時候，你也應該堅持自己的立場呀，艾菲德。」

「你這是什麼意思，莉迪亞？」

艾菲德盯著她，一臉的沮喪和驚愕。莉迪亞咬著唇，一時間不知是否該往下說。

艾菲德．李邑又重複了一遍。

「你這是什麼意思，莉迪亞？」

她聳了聳優雅單薄的雙肩，小心翼翼地選擇適當的措詞說道：「你父親有……暴君的傾向……」

「他老了嘛。」

「他會更老，而且會愈來愈專斷，然後沒完沒了。他已經完全掌控了我們的生活，我們根本無法安排自己的計畫！就算有，最後也會無疾而終。」

艾菲德說：「父親希望能被尊重，別忘了，他對我們很好。」

「是喔，對我們很好！」

「對我們非常好。」

艾菲德的口氣有些嚴厲。

莉迪亞平靜地表示：「你是指錢的方面嗎？」

「是的，他自己過得很簡單，但他在錢上面對我們從不吝嗇。要買衣服或裝修房子時，你想怎麼花就怎麼花，爸爸付帳的時候從不會吭一聲。上星期他不就剛給我們一輛新車？」

「我承認，就錢的方面而言，你父親的確非常大方。」莉迪亞說，「但他也冀望我們像奴隸一樣的回報他。」

「奴隸？」

「沒錯，你就是他的奴隸，艾菲德。如果我們計畫出去，而他突然不想要我們走，你就會取消安排，二話不說地留下來！如果他又突發奇想讓我們離開，我們就走……我們沒有屬於自己的生活，沒法自己做主。」

她丈夫苦惱地說：「你別這麼說，莉迪亞。這樣太忘恩負義了，爸爸為我們做了那麼多……」

她把到嘴邊的反駁嚥回去，再次聳聳瘦弱而優雅的雙肩。

艾菲德說：「你知道，莉迪亞，爸很喜歡你。」

莉迪亞斬釘截鐵地答道：「我可一點都不喜歡他。」

「莉迪亞，聽你這麼說，我實在太難過了，你這樣太無情了……」

「也許吧。但有時候，人會身不由己地想說實話。」

「如果爸爸知道……」

「你父親很清楚我不喜歡他！他大概覺得挺有意思的。」

「真的嗎？莉迪亞，我敢說這一點你錯了。他常對我說，你對他非常有禮貌。」

「我這人向來客氣，以後也還是會這樣。我只想讓你知道我心底的感受，我不喜歡你父親，艾菲德。我認為他是一個惡毒、專橫的老人。他肆意踐踏你，濫用你對他的愛，你早就應該起來反抗了。」

艾菲德嚴厲地說：「夠了，莉迪亞，不要再說下去了。」

她嘆了口氣。

「對不起，也許我錯了……來談談聖誕節的事吧。你覺得你弟弟大衛真的會來嗎？」

「為什麼不來？」

她懷疑地搖搖頭。

「大衛很……很古怪。別忘了，他好幾年沒回來了，他那麼愛你們的母親……他對這地方好像有種特別的感情。」

「大衛總是讓父親傷腦筋，」艾菲德說，「他的音樂和他不切實際的生活方式……父親有時也許對他太嚴厲了，但我想大衛和希黛還是會來的，畢竟是聖誕節嘛。」

「來個和樂融融，」莉迪亞說，小嘴嘲諷地撇了撇。「我很懷疑！喬治和瑪格琳要來，他們說大概明天會到，我怕瑪格琳會覺得很無聊。」

艾菲德帶著一絲輕微的惱怒說：「我真想不透喬治為什麼會娶一個比他小二十歲的女孩！喬治一直是個傻瓜！」

「他的事業很成功哩，」莉迪亞說，「選民都很喜歡他。我相信瑪格琳很努力在政治上幫助他。」

艾菲德慢條斯理地說：「我不太喜歡她。她是漂亮……但我覺得她和那些美麗的珍珠一樣，金玉其表……」艾菲德搖搖頭。

「但敗絮其中？」莉迪亞說，「奇怪你竟然會說這種話，艾菲德！」

「有什麼奇怪的？」

莉迪亞答道：「因為……你平常是個老好人，從來不說別人壞話。有時候我被你氣得半死，因為你實在太……噢，該怎麼說呢？太溫和，溫和到簡直不像生活在這世上的人！」

她丈夫笑了。

「我向來認為，世界是自己打造出來的。」

莉迪亞立即反駁道：「不！邪惡不僅存在於人心，而且是確實存在的！你好像對世間的罪惡毫無所覺。但我有，我能感受得到。我一直能感覺到它的存在，就在這所房子裡……」她咬咬唇，將臉別過去。

艾菲德說：「莉迪亞……」

莉迪亞飛快地做了一個手勢，止住丈夫的話，她的視線望著艾菲德身後，艾菲德也轉過頭去。

一名膚色黝黑的男人畢恭畢敬地站在那兒。

莉迪亞不客氣地問道：「什麼事，賀伯？」

賀伯的嗓音很低，他恭敬地低聲表示：「是李邑先生，夫人。李邑先生要我告訴您，還有兩個客人要來過聖誕節，您能為他們再準備兩個房間嗎？」

莉迪亞問：「還有兩個客人？」

賀伯平靜地答道：「是的，夫人，一位先生和一位年輕女士。」

艾菲德驚訝地問：「一位年輕女士？」

「李邑先生就是這麼說的，先生。」

莉迪亞很快地說：「我要上去見他……」

賀伯往前邁了一小步，雖只是極輕微的一個動作，卻順勢阻止了莉迪亞的躁進。

「對不起，夫人，李邑先生正在午休。他特別交代不想被打擾。」

「知道了。」艾菲德說，「我們不會去打擾他。」

「非常感謝，先生。」賀伯退下了。

莉迪亞憤憤地說：「我實在討厭這個人！他像貓一樣在房子裡躡手躡腳地走來走去，總是來去無聲，教人防不勝防。」

「我也不太喜歡他，但他很忠於職守。現在要找個好的男看護可不容易啊，再說父親喜歡他，這是最重要的。」

「對，就像你說的，這是最重要的。艾菲德，這位年輕女士是怎麼回事，哪個年輕女士？」

她丈夫搖搖頭。

「想不出來，我完全想不出可能會是誰。」

夫妻倆面面相覷，接著莉迪亞撇撇嘴，開口說道：「你知道我在想什麼嗎，艾菲德？」

「什麼？」

「我認為你父親最近覺得太無聊了，想為自己策畫一場小小的聖誕娛樂。」

「所以才把兩個陌生人請進家庭聚會裡來？」

「噢，我並不知道具體的細節，不過我猜，你父親是想……找樂子。」

「希望他能從中得到一些樂趣。」艾菲德鄭重地說，「可憐的老人家，礙於雙腿不良於行……他過去的生活是那麼的多采多姿。」

莉迪亞緩緩說道：「他過去的生活……的確是多采多姿。」

莉迪亞話中的停頓似有所指，艾菲德感受到了，他脹紅了臉，一臉不悅。

莉迪亞突然大聲說：「他怎麼會有你這種兒子呢，我真難以想像！你們兩人就像兩個極端。他令你著迷……你真的很崇拜他呀！」

艾菲德懊惱地說：「你太誇張了吧，莉迪亞？我覺得做兒子的愛父親，是很正常的事，否則才叫不正常呢。」

莉迪亞說：「就這件事來說，家裡大多數成員都不正常！唉，我們別吵了！我道歉。我知道我刺傷了你，相信我，艾菲德，我真的不是有意的。我很佩服你的……你的忠誠。當今之世，忠心可是一種稀有美德呢，就當我是在嫉妒吧。既然人家認為女人會嫉妒她們的婆婆，那麼為什麼不能嫉妒她們的公公呢？」

艾菲德伸出手，輕輕攬著莉迪亞。

「胡說些什麼，莉迪亞？你沒理由嫉妒呀。」

她飛快地給了他一個表示歉意的吻，溫柔地輕撫他的耳垂。

「我知道。同樣的，艾菲德，我也不認為我會嫉妒你的母親。我多希望能認識她呀。」

「她是個可憐的人。」他說。

他的妻子很感興趣地看著他。

「她給你的印象就是這樣嗎，一個可憐人？有意思。」

艾菲德恍惚地說道：「印象裡，母親總是在生病，經常哭泣……」他甩甩頭。「一點精神也沒有。」

莉迪亞望著艾菲德，柔聲說：「好奇怪啊……」

然而當艾菲德狐疑地瞄著她時，莉迪亞很快地搖搖頭，將話題岔開。

「既然不讓我們知道那兩位神祕客人是誰，我還是去把花園裡的事情做完吧。」

「外面很冷哪，親愛的，寒風刺骨呢。」

「我會穿暖和些。」

莉迪亞離開房間。艾菲德獨自靜立了一會兒，微皺著眉，然後走到房間盡頭的大窗戶邊。窗外是一片與房子相連的寬闊露天平台，一兩分鐘後，他看見莉迪亞出現在平台上，手拿平底籃子，身上穿了件厚外套。莉迪亞放下籃子，開始在一個稍稍高出地面的方形石槽邊工作。

艾菲德看了一會兒，最後走出房間，幫自己拿了外套圍巾，從側門來到了平台上。他邊走邊穿過其他布置成微縮景觀的石槽，這些作品均出於莉迪亞靈巧的雙手。

其中一個作品是沙漠景色，鋪著平坦的黃沙，一小叢綠色棕櫚樹是用染色罐頭的鐵皮做成的，還有一列駱駝隊和一兩個阿拉伯人、幾棟以膠泥塑成的原始泥屋。另一個是義大利式的作品，有著露台和井然有序的花圃，鮮花是用染了色的封蠟做的。還有一個是北極風光，有著綠色玻璃做成的一座座冰山、一小群企鵝。下一個則是有著美麗小盆景的日式園林，其中用鏡子代表水面，還有膠泥塑成的小橋。

最後，艾菲德來到莉迪亞工作的地方站定。莉迪亞在地上鋪了張藍紙，上面用玻璃壓著，旁邊圍著一堆堆的石頭。此時她正從小袋子裡往外倒著粗鵝卵石，排列成海灘的模樣，石頭之間穿插了一些小小的仙人掌。

莉迪亞低聲自語道：「對，就是這個樣子，和我想的完全一樣。」

艾菲德說：「這最新的作品是什麼？」

莉迪亞吃了一驚，因為她沒聽見艾菲德走過來。

「這個？噢，這是死海。艾菲德，你喜歡嗎？」

他說：「好荒涼啊，不是嗎？是不是該多擺點植物？」

莉迪亞搖搖頭。

「我想像中的死海就是這個樣子，它叫死海，你明白嗎？」

「還是其他作品好看。」

「這本來就不是為了好看用的。」

露台上傳來腳步聲，一名佝僂的白髮老管家朝他們走來。

「喬治．李邑太太來電話了，夫人。她問明天她和喬治先生五點二十到方便嗎？」

「可以，告訴她沒問題。」

「謝謝夫人。」

男管家匆匆走了。莉迪亞望著他離去，臉上的表情非常柔和。

「親愛的老泰西里。他多麼值得信賴啊！我無法想像我們沒有他該怎麼辦。」

艾菲德也很同意。

「他是那種舊派的人，在這兒差不多四十年了。他把畢生都奉獻給我們家了。」

莉迪亞點點頭。

「是的，他就像小說中的老忠僕。我相信如果有必要，他會為了保護你們而兩肋插刀。」

艾菲德說：「我相信他一定會的……是的，我相信。」

莉迪亞把最後一片海灘的小鵝卵石鋪好了。

「好啦，」她說，「全準備好了。」

「什麼好啦？」艾菲德一臉不解。

莉迪亞笑道：「聖誕節呀，笨蛋！即將來臨、溫馨洋溢的聖誕節團圓呀。」

§

大衛正在讀信。他剛把信揉成一團扔到一邊，接著又拿回來，重新攤平讀了起來。

他的妻子希黛靜靜地注視著他，什麼都沒說。她注意到大衛太陽穴上的肌肉不斷抽搐，細長柔軟的雙手微微發顫，全身伴隨著緊張的痙攣。當大衛拂開總是垂在前額的金髮，用湛藍的眼睛求助地望著她時，她早已準備好了。

「希黛，我們該怎麼辦？」

希黛開口之前猶豫了一下，她聽得出大衛語氣中的懇切，知道他是如何地依賴自己——從結婚起便一直如此——而自己很可能影響他最後的決定。也因為這樣，希黛格外審慎，不想把任何事情說得太絕對。

她開口了，聲音裡是老經驗的幼教老師那種給人安慰、平靜的力量。

「那得看你怎麼想，大衛。」

粗壯的希黛並不美，卻有其迷人之處。她像幅靜定的荷蘭風景畫，聲音溫暖而充滿情感，她的堅強與內斂，總是深深吸引著弱者。這位略嫌矮胖的中年婦人不算冰雪聰明，也並不出色，卻散發著某種令人無法忽略的東西。那就是力量！希黛．李邑有種獨特的力量！

大衛站起身開始在屋裡踱步。他的頭髮毫無霜白，整個人有股異樣的孩子氣。他的臉就像伯恩．瓊斯筆下的騎士一樣柔和，有點夢幻的感覺……

他殷切地說：「你知道我是怎麼想的，希黛，你一定知道。」

「我不敢肯定。」

「但我告訴過你了呀，我跟你說過很多次了！我多麼痛恨那一切……那棟房子，周圍的一切，以及所有東西！它們只會喚起我的痛苦回憶。我恨我在那裡度過的每一刻！每當我想到那裡，想到她所受過的苦難，我的母親……」

大衛的妻子同情地點點頭。

「她非常可愛，希黛，而且相當有耐心。她躺在那兒，經常很痛苦，卻默默承受了一切。而當我想到我父親……」大衛臉色一沉。「他令她一生不幸，不斷羞辱她……炫耀自己的豔遇，一再背叛她，卻從不肯費心掩飾一下。」

希黛說：「她不該這樣忍氣吞聲，她應該離開他。」

大衛不表同意道：「她太善良了，所以辦不到。她認為留下來是她的責任，再說，那是她的家，她還能去哪兒呢？」

「她可以自己謀生。」

大衛不耐地說：「那時候哪有可能！你不明白。那個年代的女人不會那樣做。她們只能包容一切，忍受一切。媽還得考慮我們，即使她和我父親離了婚，那又怎樣？他很可能會再婚，擁有新的家庭，我們的幸福就會被扔到一邊。媽媽得權衡所有的利害關係。」

希黛沒答腔。

大衛繼續說著：「不，她做得對。她是個品德高尚的人。她一直忍受至死，而且毫無怨懟。」

希黛說：「也不盡然完全沒有抱怨，要不然你就不會知道這麼多了，大衛！」

他神色稍緩，柔聲說道：「是的，媽媽告訴了我，她知道我有多麼愛她。當她去世的時候……」

大衛頓住了，將雙手插進頭髮裡。

「希黛，那太慘了！實在太淒涼了！其實媽媽那時還很年輕，她不該死的。是他殺了她……我父親！他得對她的死負責。他傷透了她的心，我從那時就痛下決心，不再生活在他的屋簷下。我逃走了，遠離了一切。」

希黛點點頭。

「你很明智，」她說，「那麼做是對的。」

大衛說：「父親希望我分擔家業，那表示我得住在家裡，這點我無法忍受。我不明白艾菲德怎麼忍受得了……不知他這些年是怎麼過的。」

「他從來就沒反抗過嗎？」希黛頗感興趣地問。「我記得你跟我提過，他放棄了別的事業。」

大衛點點頭。

「艾菲德原本要去從軍，這全是父親一手安排的，讓長子艾菲德進入騎兵團，哈利和我分擔他的事業，喬治則去參政。」

「但事情並沒這麼發展？」

大衛搖搖頭。

「哈利把一切都打亂了！他一向狂放不羈，欠了一屁股債，還到處惹是生非。有一天，他偷了幾百塊英鎊，留了張紙條說他不適合坐辦公桌，想去外面的世界闖一闖，然後就一走了之了。」

「從此你們再沒聽過他的消息了嗎？」

「噢，有，我們有。」大衛笑了。「我們經常聽見他的消息！他總是從世界各地拍電報來要錢，而且總能要得到！」

「艾菲德呢？」

「父親讓他退伍，回來協助他的事業。」

「他介意嗎？」

「一開始非常介意，他恨那個工作。但父親總能把艾菲德玩弄於股掌間，我相信他仍然被父親捏在手心裡。」

「而你……卻逃掉了！」希黛說。

「是的，我跑去倫敦學畫。父親直截了當地告訴我，如果我去幹那種傻事，他只會給我一丁點生活費，死後連半毛錢也不會留給我。我說我不在乎，他罵我蠢，就是這樣了！我從此再也沒見過他。」

希黛溫柔地說：「你沒後悔過嗎？」

「沒有，真的。我知道自己在藝術上不會有所成就，我永遠無法成為偉大的藝術家……但我們在這間鄉間小屋裡已經夠幸福了，我們有我們想要的一切，擁有最重要的東西。而且萬一我死了，你是我的受益人。」他停了一會兒又說：「可是現在……瞧這個！」

他用手拍著信。

「很遺憾你父親寫了那封信，讓你這麼難過。」希黛說。

大衛充耳不聞地繼續說道：「竟然叫我帶你去過聖誕節，希望大家一起團聚，全家大團圓！這到底是什麼意思？」

希黛說：「還能有什麼意思？」

他狐疑地看著她。

「我的意思是說，」她笑著說，「你父親年紀大了，開始珍惜家人之間的感情了。你要知道，這種事的確會發生。」

「但願如此。」大衛慢慢說道。

「他是一個老人，相當孤單。」

大衛飛快地看了希黛一眼。

「你希望我去，是嗎，希黛？」

希黛慢條斯理地答道：「不去的話，好像不近人情。我大概很傳統吧，但聖誕節過得和和氣氣、開開心心的，有什麼不好？」

「聽完我說的話之後，你還這麼認為啊？」

「我知道，親愛的，我知道。但那些都已經過去了，一切都已經結束了呀。」

「對我來說還沒有。」

「沒錯，因為你不願意讓這一切過去，你讓往事活在你的記憶中。」

「我忘不掉。」

「你不願忘掉……這才是你的意思，大衛。」

大衛的嘴抿成一條線。

「我們李邑家的人就是這樣，我們會把事情藏在心裡很多年，記著它，讓回憶永遠栩栩如生。」

希黛略顯不耐地說：「這種性格有什麼值得驕傲的？我可不認為！」

大衛若有所思地望著她，不盡然同意。

他說：「那麼，你不認為忠誠是有價值的嗎？對回憶忠誠？」

希黛說：「我認為當下才是重要的，而不是過去！過去的事是一定要讓它過去，我們若讓往事一直活在記憶中，記憶最終難免變形。然後我們便會以誇大的眼光去看待往事……形成一種錯誤的看法。」

「那些歲月裡的每句話和每個細節，我都記得一清二楚。」大衛激動地說。

「是的，但你不該這樣，親愛的！這樣是不正常的！你拿孩子的眼光去判斷那些事物，不是用更適當的成人角度去觀照。」

「還不都一樣。」大衛硬拗道。

希黛猶豫著，她覺得再說下去就不明智了，卻又不吐不快。

「我想，」她說，「你把你父親看成怪物了！說不定你現在見到他，會發現他不過是個普通人罷了，甚至是一個已無激情的人。他一生固然有錯，但他畢竟只是個人，並不是個沒有人性的怪物。」

「你不懂！他是怎麼對待我母親……」

希黛嚴肅地說：「那種溫馴、百依百順的特質，會引發男人最惡劣的本質；然而當你以勇氣和決心去面對同一個男人時，他可能會成為完全不同的人。」

「照你這麼說，那都是她的錯囉……」

希黛打斷大衛的話。

「不，我當然不是這個意思！我相信你父親虐待你母親，但婚姻是種非常特別的關係，我不認為任何局外人……甚至包括子女在內，有權去論斷其中的是非。再說，你的怨恨對你母親本身已於事無補。事情都過去了，已經離你很遠。如今剩下的，只是一個衰弱的老人，希望兒子能回家過聖誕節而已。」

「那麼你是希望我去了？」

希黛遲疑了一下，然後下定決心。

「是的，」她說，「我希望你去，從此永遠擺脫心中的陰影。」

§

喬治．李邑，威斯林罕的下院議員，是位有點發福的四十一歲紳士。他的眼睛淡藍而微凸，神色多疑。此君雙頰豐厚，說起話來黏軟造作。

喬治正用一種煞有介事的態度說：「我告訴過你，瑪格琳，我認為我有義務去。」

他的妻子不耐煩地聳聳肩。

瑪格琳身材瘦削，髮色淡金，光滑的鴨蛋臉上，是對細細修過的眉毛。那張臉有時顯得茫然無神，而她現在就是那個樣子。

「親愛的，」她說，「我保證一定會很無趣。」

「而且啊，」喬治靈光一閃，眉飛色舞地說道，「我們也可以省下一大筆錢。聖誕節的開銷一向很大，這樣我們只要付傭人伙食費就行啦。」

「噢，好吧！」瑪格琳說，「反正，在哪裡過聖誕節都一樣討厭！」

「我想，」喬治自顧自地說，「他們正在期待有一頓聖誕晚餐吧？也許用牛肉取代火雞如何？」

「誰？傭人啊？噢，喬治，別小題大做了，你老是擔心錢的事。」

「總得有人來擔心錢的事吧。」喬治說。

「沒錯，但老在這些雞毛蒜皮小事上斤斤計較，也未免太可笑了吧。你幹嘛不跟你父親多討些錢？」

「他已經給了我一筆可觀的生活費了。」

「像你這樣完全依賴你父親，是很討厭的事！他應該撥一筆錢讓你自由支配才對。」

「這不是他的行事風格。」

瑪格琳看著他，一對褐色眼睛突然變得敏銳而精明，毫無表情的鴨蛋臉上也有了神色。

「他不是很有錢嗎，喬治？他是個百萬富翁對吧？」

「我想比百萬富翁有錢兩倍。」

瑪格琳嫉妒地嘆口氣。

「他怎麼賺來的？是在南非嗎？」

「對，他年輕時就發財了，主要靠鑽石。」

「真棒！」瑪格琳說道。

「後來他到英國發展，財產又翻了兩三倍。」

「他死後會怎麼樣？」瑪格琳問。

「父親從來不談這件事，我們當然也不能直接問。我猜大部分的錢會歸艾菲德和我，艾菲德當然會多分一些。」

「你還有別的兄弟，不是嗎？」

「是的，還有我弟弟大衛。我不認為他會拿到太多。他離家去搞什麼愚蠢的藝術。父親警告過他，會把他從遺囑名單中除名，可是大衛說他不在乎。」

「好傻啊！」瑪格琳輕蔑地表示。

「還有我姐姐珍妮芙，她和一個外國人跑了，一個西班牙藝術家，是大衛的朋友。但她一年前死了，留下一個女兒。父親也許會給她留點錢，但不會太多。當然，還有哈利……」

喬治有點尷尬地頓住了。

「哈利？」瑪格琳驚訝地說道，「誰是哈利？」

「哦，嗯，我弟弟。」

「我從來不知道你還有另外一個弟弟。」

「親愛的，他是我們家……嗯，不太光彩的部分，我們從不提他。他的行為很離經叛道，我們已經很多年沒他消息了，說不定已經死了。」

瑪格琳突然笑了起來。

「怎麼啦？你笑什麼？」

瑪格琳說：「我只是覺得好笑，你竟然會有一個聲名狼藉的兄弟。想想看，你是這麼受人尊敬。」

「但願如此。」喬治冷冷地說。

瑪格琳瞇著眼睛。

「你父親不是很……正派，喬治。」

「你怎麼這麼說，瑪格琳？」

「有時他說的一些話讓我很不舒服。」

喬治說：「瑪格琳，你讓我很驚訝。嗯……莉迪亞也這麼覺得嗎？」

「他不會對莉迪亞說這樣的話，」瑪格琳表示。她憤憤地加上一句：「不，他從不對莉迪亞說那種話，我真不明白為什麼。」

喬治飛快地瞧了她一眼，又把目光移開。

「唉，」他含糊不清地說，「給人留點餘地吧，父親都這把年紀了，而且健康狀況又這麼差……」

「他真的病得很重嗎？」

「噢，我可沒那麼說。他還是相當硬朗，反正，既然他希望家人陪他過聖誕節，我們去去也好，或許這是他最後一個聖誕節了。」

瑪格琳尖刻地說：「這可是你說的唷，喬治。但我覺得，他說不定還能活好幾年呢！」

喬治微微吃了一驚，結結巴巴地答道：「是……是啊，他當然可能還會活好幾年。」

瑪格琳轉過身。

「唉，」她說，「我想我們去是對的。」

「沒錯。」

「可是我討厭去那兒！艾菲德是那麼沉悶乏味，莉迪亞又瞧不起我。」

「胡說八道！」

「她就是！我還討厭那個人模狗樣的男僕。」

「老泰西里嗎？」

「不，是賀伯。他老像貓一樣躡手躡腳走來走去，還假惺惺地笑。」

「是嗎？瑪格琳，我不覺得賀伯對你會有什麼影響。」

「他只是讓我神經緊張而已，就這樣。別說了，反正我們得去就是了，惹毛了老頭子，對我們沒好處。」

「是啊，重點就在這裡。至於傭人們的聖誕晚餐……」

「現在別談吧，喬治，待會兒再說。我要打電話給莉迪亞，告訴她我們明天五點二十之前到。」

瑪格琳匆匆離開房間，打完電話後，她上樓來到自己的房間，坐在寫字檯前。瑪格琳將桌上的活動板放下來，在各式格子裡翻找，帳單像小瀑布般紛紛掉落下來。瑪格琳一邊整理一邊分類，最後不耐地輕嘆一聲，又將它們綁起來，塞回原來的地方。瑪格琳用手摸摸自己淡金的秀髮。

「我到底該怎麼辦？」她喃喃自語道。

§

戈斯洞莊二樓，一條長廊通向一間可以俯瞰門前車道的房間。那是個用華麗古式家具布置起來的房間，房裡有織錦的牆紙、昂貴的皮扶手椅、浮雕龍紋大花瓶、青銅雕像，每樣東西都十分昂貴華麗而堅實。

在一張最富麗顯貴的大安樂椅上，坐著一名瘦削乾癟的老人，他長長的手如爪子般擺在椅子扶手上。一根鑲金的手杖放在一旁。老人穿著破舊的藍色睡袍，腳上穿著軟底拖鞋，他頭髮已然全白，臉色蠟黃。

看起來只是個寒酸不起眼的傢伙，但他那桀驁不馴的鷹勾鼻，以及深黑靈動的眼睛，可能令旁人改變原有的看法。那眼神裡蘊含著激情、生氣與活力。西蒙·李邑突然逕自呵呵大笑起來。

他說：「你把我的口信帶給艾菲德夫人了嗎？」

賀伯站在他椅子旁，用溫順謙恭的口氣答道：「是的，李邑先生。」

「是照指示的每一個字說的嗎？一字都不差嗎？」

「是的，李邑先生，一字不差。」

「對，你不會出錯，最好也別出錯，否則你會後悔！她是怎麼說的，賀伯？而艾菲德先生又怎麼說？」
賀伯平靜而不帶感情地複述了所有經過，老人再次大笑出聲，興奮地搓著手。
「太好了，棒透了……他們會一直想，琢磨一整個下午！太好了！現在就叫他們上來，去叫他們。」
「是的，李邑先生。」
賀伯無聲地穿過房間走了出去。
「還有，賀伯……」老人看看四周，然後低聲罵道，「這傢伙走路活像隻貓，根本摸不清他在哪兒。」
敲門聲響起之前，老人一直靜靜地坐在椅中，用手撫著自己的臉頰。艾菲德和莉迪亞走進來了。
「啊，你們來啦。坐在這兒，莉迪亞，親愛的，坐在我身邊。你的氣色真好！」
「我剛才出去了，外面很冷，臉凍得紅紅的。」
艾菲德說：「您還好嗎，父親？下午睡得可好？」
「非常好，我夢見了過去！夢見我安定下來，成為社會中堅之前的日子。」他突然笑出聲來。
老人的媳婦默默坐著，臉上陪著客氣的笑容。

艾菲德說：「這是怎麼回事，父親？怎會多兩名客人來過聖誕節？」

「啊！那件事啊！是的，我得跟你們說一下。今年聖誕節對我來說要相當盛大，非常盛大。讓我想想，喬治和瑪格琳要來……」

莉迪亞說：「對，他們明天五點二十之前會到。」

西蒙老先生說：「可憐的喬治！除了講廢話，什麼都不會，但他畢竟是我兒子。」

「可是他的選民喜歡他呀。」

西蒙又笑了。

「他們大概以為他很老實吧。老實！咱們李邑家的人從來沒一個老實的！」

「噢，別這樣說，父親。」

「你除外，兒子，除了你以外。」

「大衛呢？」莉迪亞問。

「大衛嘛，我很好奇經過這麼多年他會變成什麼樣子。他那時候還是個多愁善感的毛頭小子。不知他老婆長什麼樣。無論如何，他總不會跟喬治那個笨蛋一樣，娶個比他小二十歲的女孩吧！」

「希黛寫了一封很客氣的信來，」莉迪亞說，「我剛剛又收到她的電報，確認說他們明天一定會到。」

老人用精明而犀利的眼神瞥了她一眼。

他大笑道：「我一向拿莉迪亞沒辦法，這話我只講給你聽喔，莉迪亞，你是個很有教養的女人，教養這東西是瞞不了人的，這點我很清楚。但是遺傳就很詭異了，你們之間只有一個人像我……所有兒子裡只有一個。」

他目光閃動。

「現在猜猜看誰要來過聖誕節。我給你們三次機會，而且用五便士打賭你們猜不到。」

他看看這個，又看看那個。艾菲德皺著眉說：「賀伯說您在等一位年輕女士。」

「你們很好奇吧？是的，我敢說一定是。珮洛兒現在隨時會到，我叫人派車去接她了。」

艾菲德很快地說：「珮洛兒？」

西蒙表示：「珮洛兒・艾托瓦多，珍妮芙的女兒，我的外孫女。我想知道她長什麼樣。」

艾菲德失聲大叫：「天哪！爸爸，您從沒對我提起……」

老人咧嘴笑道：「是啊，我想保密嘛！我讓查爾頓寫信去辦的。」

艾菲德難掩受傷神情地重申一遍。

「您從沒對我提過……」

老人依舊不懷好意地咧嘴笑說：「那樣就不算意外啦！不知家裡又來個年輕人，會變成怎樣？我從沒見過艾托瓦多這家人。這女孩會長得像誰呢？她媽媽還是爸爸？」

「您真的認為這樣做明智嗎，父親？」艾菲德又開口了。「從各方面考慮……」

老人打斷了他的話。

「安全？安全？你只會考慮安全，艾菲德！你總是這樣！那並不是我的作風！想做什麼就放手去做，我就是這樣！那女孩是我的外孫女，也是家裡唯一的第三代！我不在乎她父親是誰或做過什麼，她是我的骨肉，我的血脈！我要她住在這兒，住在我家。」

莉迪亞尖銳地說：「她要住在這兒？」

老人飛快地掃了媳婦一眼。

「你反對嗎？」

莉迪亞搖頭笑說：「我怎能反對您邀別人住在您自己家裡呢，可能嗎？不，我只是對她是否……對她感到好奇而已。」

「對她是否？你是什麼意思？」

「她會高興住在這兒嗎？」

「她身無分文，應該感激不盡才是！」

莉迪亞聳聳肩。

西蒙轉向艾菲德。

「你明白了吧？這將是個盛大的聖誕節！我所有的孩子都回到身邊了。所有的孩子！艾菲德，我已經告訴你一些線索了，現在猜猜另一個客人是誰。」

艾菲德盯著他。

「我所有的孩子！猜呀，兒子！當然是哈利，你弟弟哈利！」

艾菲德的臉色變得雪白，他結結巴巴地說：「哈利……怎麼會是哈利……」

「正是哈利！」

「可是我們以為他死了！」

「他沒死！」

「您……您要他回來這兒？在經過那一切之後還要他回來？」

「因為他是個狂放的浪子，嗯？你說得沒錯。肥牛！我們得為他殺條肥牛，艾菲德，我們要熱烈地歡迎他回來[2]。」

艾菲德說：「他那樣對您，還有我們大家……那麼可恥。他……」

「別再數算他的罪狀了！數不完的。別忘了，這可是聖誕節哪，是該寬恕別人的時候！

2　這段話典出聖經。一名父親將財產平分給兩個兒子，小兒子攜財離家，揮霍一空，最後他奄奄一息地返家，對自己的放蕩懊悔不已，其父不計前嫌，宰殺肥牛歡迎他。潔身自好的哥哥對此耿耿於懷，父親就向他說明了浪子回頭的重要性。

我們一起歡迎浪子回家吧。」

艾菲德站起身，嘟囔著說：「這真是……令人震驚。我從來沒想到哈利還會再走進這個家門。」

西蒙向前欠身，輕聲問道：「你從來就不喜歡哈利，對吧？」

「在他那樣待您之後……」

西蒙仰頭大笑道：「啊，過去的就讓它過去吧，這正是聖誕節的宗旨，不是嗎，莉迪亞？」

莉迪亞也是一臉慘白，她冷冷地說：「您對今年的聖誕節十分抱以厚望啊。」

「我希望全家人都在身邊，大家和睦共處。我已經是個風燭殘年的老人了。你要出去嗎，親愛的？」

艾菲德匆匆地走了出去。莉迪亞遲疑著未隨丈夫而去。

西蒙看著艾菲德遠去的身影點點頭。

「他心情很亂，艾菲德和哈利向來不合，以前哈利總是嘲笑艾菲德，管他叫老烏龜。」

莉迪亞張嘴正待開口，卻看到老人熱切的神情，便忍住不說。她知道自己的克制令老人失望，只好說道：「就像龜兔賽跑，嗯，最後獲勝的還是烏龜。」

「不盡然，」西蒙說，「烏龜未必永遠是贏家，親愛的莉迪亞。」

莉迪亞依然保持笑容說：「請原諒，我得去追艾菲德了，突如其來的刺激會令他難受。」

「是的，艾菲德不喜歡變動，他是個喜歡守成不變的老頑固。」

莉迪亞說：「艾菲德非常愛您。」

「你覺得奇怪，是吧？」

「有時候，」莉迪亞說，「的確是的。」

西蒙目送她離開房間。

他輕笑幾聲，搓著兩隻手。

「有意思，」他說，「還有好多樂子呢！我要好好享受這個聖誕節。」

老人努力站起來，拄著手杖，步履蹣跚地走過房間。

他來到房間角落的大保險箱前，轉動密碼盤上的把手。門開了，老人用顫抖的手在裡邊摸索。

他拿出一小只麂皮袋，打開後，一堆未經加工的鑽石紛紛從指間滾下來。

「啊，我的美人，啊，還是沒變，依然是我的老夥伴。那些好時光……美好的日子……我不能讓他們把你們拿去切割打磨，我的朋友們。你們不該掛在女人的脖子上，或戴在她們手指、耳朵上。你們是我的！我的老友！有些事只有你知我知。他們說我老了，又多病，可是我還沒倒呢！我這把老骨頭還很硬挺，而且生活中還有些樂子，還有樂子……」

02 十二月二十三日

泰西里跑去應門，門鈴響得很凶，就在他溫吞吞地越過門廳時，門鈴又響了起來。

泰西里脹紅了臉。怎麼有人這樣粗魯、不耐煩地按人家的門鈴！如果是那些新來的唱詩班，他一定得數落他們一頓。

透過結霜的門玻璃，泰西里看見一個人的剪影，一個戴著垂邊軟帽的高碩男子。泰西里將門拉開，一如他所料，是個俗氣浮誇、穿得一身花花綠綠的陌生人，八成是個厚顏無恥的乞丐！

「哎呀，這不是泰西里嗎！」陌生人開口說，「你好嗎，泰西里？」

泰西里瞪大眼，深深地吸了口氣，再度瞪大眼睛。那清晰的輪廓、傲慢的下巴、高挺的鼻梁、愉悅的眼神……是的，這些印象多年前都在這兒存在過，只是更淡然些……

他喘著氣說：「哈利先生！」

哈利笑了。

「看來我好像讓你大吃一驚啊！為什麼？你們不是在等我嗎？」

「是啊，的確是的，先生。當然啦，先生。」

「那幹嘛還這麼吃驚？」

哈利後退了一兩步，打量著房子……一棟很大的紅磚建築，沒什麼創意，但非常堅實。

「還是一樣醜陋，」他評論道，「不過重要的是，還沒倒。我父親怎麼樣，泰西里？」

「李邑先生可說是不良於行，先生。老待在房裡，不能到處走動。但身體還算硬朗。」

「這個老混蛋！」

哈利走進屋子，泰西里幫他解下圍巾，並摘下那頂誇張的帽子。

「我老哥艾菲德怎麼樣了，泰西里？」

「他很好，先生。」

哈利咧嘴笑了。

「一心盼著見到我，呃？」

「我想是的，先生。」

「我可不這麼想！恰恰相反，我敢打賭，我的出現一定讓他嚇壞了！艾菲德和我一向不合。還讀聖經嗎，泰西里？」

「有啊，先生，有時候會。」

「記得那個浪子回頭的寓言嗎？那好哥哥可不喜歡呢，記得嗎？不喜歡極了！我打賭，艾菲德也會不高興。」

泰西里靜靜頷首下望，他直著背，似乎有所不滿，哈利拍拍他的肩膀。

「請帶路，老小子，」他說，「肥牛正在等我呢！帶我到那兒去。」

泰西里咕噥說：「請跟我到客廳去，先生。我不能肯定大家都在那兒……他們不可能來迎接你，先生，大家都不知道你什麼時候到。」

哈利點點頭，跟著泰西里越過門廳，邊走邊左顧右盼。

「我發現所有擺設都在老地方，」他發表意見。「我看從我二十年前離開後，這裡就沒什麼變化了。」

他隨著泰西里走進客廳。老人喃喃道：「我去看看能不能找到艾菲德先生或夫人。」說完便匆匆離去了。

哈利走進房間，停住腳步，盯著坐在窗台上的那個身影。他的目光半信半疑地在那烏黑的頭髮和奶油色的肌膚上遊走。

「天哪！」他說，「你是我父親最美麗的第七任太太嗎？」

珮洛兒從窗台上滑下來，走到他面前。

「我是珮洛兒．艾托瓦多。」她宣布說，「你一定是我母親的弟弟，哈利舅舅。」

哈利瞪大眼睛說道：「原來你是珍妮芙的女兒！」

珮洛兒說：「你為什麼問我是不是你父親的第七任太太？他真的有過六個太太嗎？」

哈利笑了。

「不，我相信他只有一個正式的。哎，珮……你叫什麼來著？」

「珮洛兒。」

「噢，珮洛兒，在這間陵墓裡見到這麼年輕貌美的女孩，可真讓我吃了一驚。」

「這間陵……什麼？」

「這間陳列著標本的博物館！我一直覺得這房子爛透了！如今再次見到它，覺得比以往更爛！」

珮洛兒驚詫地表示：「噢，不會啊，這兒很漂亮！家具都很好，還有地毯，到處都是厚厚的地毯，還有那麼多裝飾品。所有東西都很高級，而且非常非常豪華！」

「說得好，」哈利咧嘴笑說，饒有興味地看著她。「你知道嗎，想像你和他們在一起，我就忍俊不住……」

這時莉迪亞快步走進房裡，哈利於是閉嘴不再說下去了。

莉迪亞逕自向他走來。

「你好嗎，哈利？我是莉迪亞，艾菲德的妻子。」

「你好，莉迪亞。」

哈利和她握手，迅速地打量她那張富於表情的聰慧臉孔，並暗自欣賞她走路的姿態……很少女人走路走得這麼好看。

莉迪亞也在打量他。

她想，哈利看上去很粗暴，但是很有魅力。只是，我一點兒都無法信任他……

她笑著說：「過了這麼多年，這房子看來如何？是很不一樣，還是老樣子？」

「差不多還是老樣子。」哈利環視四周。「但看來重新裝修過了。」

「噢，裝修過好多次了。」

他說：「我是指被你整修過。你讓它……變得不一樣了。」

「是的，但願如此……」

哈利朝莉迪亞咧嘴笑了笑，那是個突然浮現的頑皮笑容，莉迪亞吃驚地想到樓上的那位老人。

「這兒現在感覺更有品味了！我聽說老哥娶了個女子，祖先是伴隨征服者威廉一起來到英國的某個望族。」

莉迪亞笑道：「我想是的，但我們家族現在已經式微了。」

哈利說：「我老哥如何了？還是一板一眼的，一點兒都沒變嗎？」

「我不知道你會不會覺得他有變化。」

「別的人呢？分散在英國各地？」

「不，他們全會回來過聖誕節。」

哈利的眼睛瞪得斗大。

「難道是那種正常的聖誕團圓嗎？我們家老頭子是怎麼啦？他在感情上從來都是很吝惜的。我不記得他曾關心過他的家人，他一定是變了。」

「也許吧。」莉迪亞冷冷地說。

珮洛兒瞪大眼，好奇地把一切看在眼裡。

哈利說：「老喬治怎麼樣？還是那麼摳嗎？以前若是要花他半毛錢，他就會哭得如喪考妣！」

莉迪亞表示：「喬治現在在國會裡，他是威斯林罕的議員。」

「什麼？那個金魚眼現在在國會裡？天哪，混得不錯嘛。」

哈利仰頭大笑起來。

那笑聲非常洪亮，絲毫不加掩飾，在不甚寬大的房裡聽來，顯得分外粗魯。珮洛兒屏住了呼吸，莉迪亞則有些不知所措。

就在此時，哈利察覺到身後有些動靜，他止住笑猛然轉過身去。他沒有聽到任何人進門，但艾菲德已經悄悄站在那兒了，正一臉古怪地盯著哈利。哈利站了一會兒，然後笑容慢慢浮現在他臉上。他向前走了一步。

「啊，」他說，「這不是艾菲德嗎？」

艾菲德點點頭。

「你好，哈利。」他說。

兩人站著面面相覷，莉迪亞倒吸口氣，心想：「太詭異了！就像兩條狗，你看著我我看著你……」

珮洛兒的眼睛睜得更大了。她暗想：「他們杵在那裡看起來真可笑……為什麼他們不擁抱呢？噢，不，英國人不會那樣做。但他們總可以說點什麼吧，為什麼只是盯著對方呢？」

哈利終於先開口了。

「嗯，呃，又回到這兒了，感覺真奇怪！」

「我想也是。是啊，自從你……走了以後，已經過了好多年。」

哈利揚起頭，用手撫著自己的下巴。那是他的習慣動作，帶點挑釁的意味。

「是的，」他說，「很高興又回……」他頓一下，重重強調接下來的話。「家了……」

§

「我想，我曾經是個非常惡毒的人。」西蒙．李邑說。

他正靠在椅背上，抬著下巴，不自覺地用手撫著。熊熊的火焰在他面前跳動閃爍，火堆邊坐著珮洛兒，她手裡拿了一小片硬紙板遮在面前擋火焰。偶爾，珮洛兒會靈活地轉著手腕，輕輕搧動紙板。西蒙心滿意足地看著她。

西蒙自顧自地繼續說道，他的話不像是對珮洛兒說的，反像是自言自語。

「是的，」他說，「我曾是個惡毒的人。你覺得呢，珮洛兒？」

珮洛兒聳聳肩說：「修女說，所有男人都很壞，所以我們應該為他們祈禱。」

「啊，不過我比大多數人更壞。」西蒙笑了。「我並不後悔，不，我一點都不後悔。我過得很開心……每分鐘都很快樂！他們說等你老了就會悔過……全是胡說八道！我才不會後悔呢！就像我跟你說的，我什麼都幹過……一切的壞事！我欺騙、偷竊、說謊……真的！還有女人。我總是愛拈花惹草。有一次有人告訴我，某個阿拉伯酋長擁有一個四十人的衛隊，全是由他兒子組成的，而且都是差不多年紀！啊哈！四十個！我可能沒有四十個，不過我敢打賭如果我繼續花心下去，我也可以生出為數不少的守衛！嘿，珮洛兒，你覺得如何？有沒有嚇一跳？」

珮洛兒睜大眼睛。

「沒有啊，我幹嘛嚇一跳？男人向來渴望女人。我父親也一樣，正因為如此，所以做妻子的才會經常不快樂，才會常去教堂祈禱。」

老人皺皺眉。

「我讓艾達蕊很不快樂，」他用近乎耳語的聲音喃喃自語道，「天哪，多麼好的一個女人！我娶她時，她是如此粉嫩可人，但後來呢，總是抽抽搭搭地掉淚。哭個沒完沒了的妻子，會激發男人的惡性。艾達蕊沒個性，這就是她的問題。要是她能站起來反抗我……可是她從來不敢，一次也沒有。我們結婚時，我是真心打算定下來好好養家，和過去的放浪一刀兩斷……」

老人的聲音漸次淡去，他凝望火堆中騰起的火焰。

「養家……天哪，我養出一個什麼樣的家啊！」老人迸出一陣憤怒而尖利的笑聲。「你看看他們，看看他們！沒有一個孩子能繼承我！他們到底怎麼了？難道他們身上流的不是我的血嗎？不管是婚生還是私生，一個都沒有！就拿艾菲德來說吧……老天在上，我都快讓他給煩死了！他總是用哀求的眼神看著我，隨時準備聽從我的吩咐。天哪，真是個傻瓜！他老婆莉迪亞，我喜歡莉迪亞，她很有勇氣，雖然她並不喜歡我。沒錯，她討厭我，但是為了艾菲德那個笨蛋，她不忍也得忍。」老人望著火爐邊的女孩。「珮洛兒，記住，再沒有什麼比全心全意奉獻更令人厭煩的事了。」

女孩朝老人笑了笑，他又接著往下說。女孩的青春與柔媚令他倍覺溫暖。

「喬治？喬治算什麼？愣頭愣腦，毫無情趣！一個沒有腦子、沒有內涵、只會誇大其詞的自負鬼，滿腦子只知道錢！大衛？大衛是個笨蛋，笨蛋加空想家。他是媽媽的寶貝，一向如此。他做過最明智的事，就是娶了那個漂亮的女人。」

老人用手在椅邊重重拍了一下。

「哈利是他們之中最出色的。可憐的哈利，毛病一堆，可是卻活得生猛有力！」

珮洛兒很贊同。

「是的，他很不錯，他總是在笑，大聲地笑，頭向後仰著。噢，是的，我很喜歡他。」

老人看著女孩。

「你喜歡他，是嗎，珮洛兒？哈利對女孩子很有一套，這點倒是像我。」老人開始笑出聲來，聽上去像一陣低喘。「我這輩子過得不錯，非常不錯，什麼都不缺。」

珮洛兒說：「我們西班牙有條諺語，意思大概是：『上帝說，你盡可以隨心所欲，然後再為此付出代價。』」

西蒙贊同地擊著扶手。

「說得好，就是這樣。隨心所欲……我就是這麼幹的，這輩子都是這樣，想怎麼樣就怎麼樣……」

珮洛兒突然揚起聲，清晰而咄咄逼人地說：「那麼你為此付出代價了嗎？」

西蒙止住笑，坐起身來瞪著女孩說：「你說什麼？」

「我說，你為此付出代價了嗎，外公？」

西蒙慢慢地說：「我……不知道……」

然後，老人捶了一下扶手，勃然怒道：「是誰教你這麼說話的，丫頭？是誰教你這麼說的？」

珮洛兒說：「我……只是想知道。」

珮洛兒手拿著硬紙板，停在半空中，眼睛烏黑而神祕。她微仰著頭坐在那兒，很清楚自己散發的女性魅力。

西蒙說道：「你這個該死的黃毛丫頭……」

她溫柔地說：「可是你喜歡我，外公，你喜歡我坐在這兒陪你。」

西蒙說：「是的，我喜歡。我很久沒看過像你這麼年輕而美麗的女孩了……這對我有好處，讓我這把老骨頭覺得溫暖……你是我的骨肉……珍妮芙還不錯，事實證明她是最出色的一個。」

珮洛兒坐在那兒，笑著。

「提醒你，你可騙不了我，」西蒙說，「我知道你為什麼不厭其煩地坐在這兒聽我嘮叨，是為了錢，都是為了錢……不然你會假裝很愛我這個外公嗎？」

珮洛兒說：「沒錯，我不愛你，但是我喜歡你，非常喜歡你。你一定得相信，因為這是真的。我想你以前是很壞，但這我也喜歡。你和這屋子裡的其他人比起來更真實，而且你說的事都很有意思。你到處去旅行，過著冒險的生活。如果我是男人，我也希望能那樣過。」

西蒙點點頭。

「是的，我相信你會的。傳說我們家族有吉普賽人的血統，但除了哈利之外，其他孩子全看不出來。不過我覺得從你身上看得出來。小心喲，必要時，我可是很有耐心的，為了報復一個虧欠過我的人，我等了十五年。這是李邑家的另一個特點——記仇！即使等上好幾年，也不會善罷干休。那傢伙騙了我，我苦候十五年才等到機會。然後我就出擊，毀掉他，讓他傾家蕩產！」

老人輕聲笑了。

珮洛兒說：「那是在南非嗎？」

「對，一個非常棒的國家。」

「後來你有回去過嗎？」

「我結婚後又回去待了五年，那是我最後一次去那兒了。」

「但在此之前呢？你在那兒待過很多年？」

「是的。」

「告訴我南非的事吧。」

老人開始講述，珮洛兒遮著臉，一邊聆聽。

老人的聲音緩慢而疲倦。

「等一下，我給你看樣東西。」

他小心翼翼地站起來，然後扶著手杖，一瘸一拐地慢慢走到房間另一頭。老人打開大保險箱，轉過身，招手叫珮洛兒過去。

「來，看看這個。感覺一下，讓它們從你的指縫間滾過去。」

老人注視著女孩滿是疑問的臉，笑了起來。

「你知道這是什麼嗎？鑽石，孩子，是鑽石啊。」

珮洛兒睜大眼睛，邊彎下腰邊說：「可是這些看起來只是小鵝卵石啊，難道不是？」

西蒙大笑。

「它們是未經切割的鑽石，鑽石剛開採出來的時候，就是這個樣子。」

珮洛兒不可置信地問：「如果把它們切開，就是真正的鑽石了？」

「當然啦！」

「會發亮、會閃閃發光嗎？」

「會閃閃發光。」

珮洛兒孩子氣地說：「噢，噢，噢，我真不敢相信！」

老人被逗樂了。

「這是千真萬確的。」

「它們很值錢嗎？」

「非常值錢。沒切開之前很難確定價值，但無論如何，這一小堆都要值上幾千英鎊呢。」

珮洛兒一字一字地說道：「幾—千—英—鎊？」

「就算是九千或一萬英鎊吧。你知道，它們算是大型的鑽石。」

珮洛兒眼睛睜得大大的，她問：「你為什麼不把它們賣了呢？」

「因為我喜歡把它們放在這兒。」

「但那可是一大筆錢啊！」

「我又不缺錢。」

「哦，原來如此。」珮洛兒一臉恍然大悟。她說：「你為什麼不把它們切開，讓它們更漂亮一點呢？」

「因為我喜歡它們這個樣子。」老人臉一沉，轉身開始自言自語。「它們會帶我回到過去。觸摸它們，用手指感覺它們……過去的一切就又回到眼前了。那陽光，那草原的氣息，那些放牧的牛群……老艾本，所有的兄弟們，那些夜晚……」

此時，響起了輕輕的敲門聲。

西蒙說：「把它們放回保險箱裡，關上門。」

然後他叫道：「進來。」

賀伯畢恭畢敬地走了進來。

他說：「樓下的下午茶準備好了。」

§

希黛說：「原來你在這兒，大衛。我到處在找你。我們別待在這個房間裡吧，這兒實在太冷了。」

大衛有一會兒沒有答話，他正站在那兒看著一張躺椅，椅上的緞子坐墊已經褪色了。大衛突然說道：「那是她的椅子，她總是坐在那張椅子上……還是老樣子，就和原來一樣。當然，顏色是褪了。」

希黛微皺著眉，說道：「我知道。我們還是出去吧，大衛，這兒真的太冷了。」

大衛根本無動於衷。他環視四周說：「她大部分時間都坐在這兒，我記得當她讀書給我聽的時候，我就坐在那張凳子上。《巨人殺手傑克》，就是這個，《巨人殺手傑克》。那時我應該有六歲了。」

希黛堅定地挽起大衛的手臂。

「回客廳去吧，親愛的，這房間沒有暖氣設備。」

大衛順從地轉過身，但她感覺到大衛全身都在發顫。

「還是老樣子，」他喃喃道，「還是老樣子，就好像時間靜止了一樣。」

希黛一臉擔心，她用一種愉快而堅定的聲音說：「我想知道別的人都上哪兒去了？應該快到喝茶時間了。」

大衛把手抽出來，打開另一扇門。

「這兒以前有一架鋼琴……噢，對，就在那兒！不知道琴音還準不準。」

他坐下來，打開琴蓋，雙手輕輕地滑過琴鍵。

「是準的，顯然一直有人來調音。」

大衛開始彈奏，他彈得極好，旋律從他指尖流瀉而出。

希黛問：「這是什麼曲子？我好像知道，但記不清楚了。」

他說：「我有些年沒彈了。媽以前常彈這支曲子，是孟德爾頌的一首無言歌。」

那旋律在屋中迴盪，聽來有些過於甜膩。希黛說：「彈首莫札特，好嗎？」

大衛搖搖頭，他開始彈另一首孟德爾頌的曲子。

接著他突然在鋼琴上狂暴地亂奏一遍。之後站起身，渾身顫抖。希黛走過去。

她說：「大衛，大衛……」

他說：「沒事，沒事。」

§

門鈴響個不停。泰西里站起身，慢慢走出餐具室，朝門口踱去。

鈴聲再響。泰西里皺皺眉。透過結了霜的門玻璃，看見一個戴著垂邊軟帽的男人剪影。

泰西里用手摸摸額頭，心中十分不安，彷彿每件事都要重複一次。

這情景以前也發生過，真的……

泰西里拉開門閂，將門打開。

這時鈴聲停了，站在門口的男人開口說道：「請問西蒙·李邑先生住在這兒嗎？」

「是的，先生。」

「我想見他，麻煩你。」

泰西里褪色的記憶慢慢被喚醒了，那是久久遠遠之前的事，他記得李邑先生剛到英格蘭的時候，說話的聲調就是這樣。

泰西里狐疑地搖搖頭。

「李邑先生身體不適，先生。他已經不太接見客人了。如果你……」

陌生人打斷了他的話。

他拿出一封信遞給管家。

「請把這個交給李邑先生。」

「是，先生。」

§

西蒙・李邑拿起信封，從裡面抽出一張紙。他看起來很訝異，挑著眉，卻掛著笑。

「太好了！」他說。然後對管家說：「帶法爾先生進來，泰西里。」

「是，李邑先生。」

西蒙說：「我正想起艾本・法爾那老傢伙呢，他是我在金伯利時的合夥人。想不到這會兒他兒子就來了。」

泰西里再度出現，他喊道：「法爾先生。」

史帝芬．法爾略顯緊張的走進來，他用誇大的姿態來掩飾自己的不自在。他說……此刻他的南非口音比平日要重得多。

「您是李邑先生嗎？」

「很高興見到你，你就是艾本的兒子？」

史帝芬．法爾靦腆地咧嘴一笑。

「這是我第一次回英國，父親一直囑咐我，我若回來，就過來拜訪您。」

「很好，」老人看看旁邊。「這是我的外孫女，珮洛兒．艾托瓦多。」

「你好。」珮洛兒說。

史帝芬．法爾欽佩地想：「真是冷靜啊，她見到我明明很吃驚，然而訝異之情只是一閃而過。」

他鄭重地表示：「很高興認識你，艾托瓦多小姐。」

「謝謝。」珮洛兒說。

老人說道：「坐吧，跟我講講你的事。你會在英格蘭待很久嗎？」

「噢，我既然到了這兒，就不急著走了。」

史帝芬仰頭笑了起來。

西蒙．李邑說：「很好。你一定得跟我們住一陣子。」
「噢，這不太好吧，先生？我不能這麼冒失地闖進來，再過兩天就是聖誕節了。」
「你一定得和我們過聖誕，除非你還有別的計畫？」
「啊，不，我沒有，但我不想……」
「我在這兒，外公。」
西蒙說：「那就這麼決定了。」他轉過頭去。「珮洛兒？」
「去跟莉迪亞說，我們又多了一個客人，請她來這兒。」
珮洛兒離開房間，史帝芬的目光跟著她。西蒙留意到了，頗感玩味。
他說：「你是從南非直接過來的嗎？」
「是的。」
他們開始談論南非的種種。
幾分鐘後，莉迪亞進來了。
西蒙說：「這是史帝芬．法爾，我的老朋友兼合夥人艾本．法爾的公子。他要和我們一起過聖誕節，你能不能為他找到房間？」
莉迪亞笑了。
「沒問題。」

她打量著這名陌生人的長相，古銅色皮膚、藍色眼睛以及那習慣性微微抬高的頭。

「這是我媳婦。」西蒙說。

史帝芬說：「真的很不好意思……貿然打擾了你們的家庭聚會。」

「你也是這個家的一員，孩子，」西蒙說，「你應該這麼想。」

「您真是太好了，先生。」

珮洛兒又走了進來，在火爐前悄然坐下，然後拿著硬紙板當扇子，慢慢地左右擺動手腕。她垂著眼，靜靜端坐。

03

十二月二十四日

「你真的希望我住在這裡嗎，父親？」哈利問，他昂著頭。「你要知道，我會把這兒搞得雞飛狗跳啊。」

「你這是什麼意思？」西蒙立刻問道。

「艾菲德呀，」哈利說，「我的老哥艾菲德呀！恕我這麼說，他反對我住在這裡。」

「他敢！」西蒙厲聲說，「我是這個家的主人。」

「都一樣，老爸。我想你應該相當依賴艾菲德吧，我可不想惹……」

「你照我的話去做。」老人打斷他說。

哈利打了個哈欠。

「不知道我能不能適應足不出戶的生活，對一個曾經浪跡天涯的人來說，這可是會悶死人的。」

他父親說：「你最好先結婚，這樣才能安定下來。」

哈利說：「我去娶誰呀？可惜不能跟外甥女結婚。小珮洛兒迷死人了。」

「你注意到啦？」

「說到安頓下來，胖喬治看起來倒是娶了不錯的人。他老婆是做什麼的？」

西蒙聳聳肩。

「我怎麼知道？喬治好像是在時裝展示會上遇見她，她說她父親是退役海軍軍官。」

哈利說：「很可能是近海輪船上的二副吧。喬治要是不小心，和她在一起麻煩一定會層出不窮。」

老人說：「喬治是個笨蛋。」

哈利表示：「她幹嘛嫁喬治……為了他的錢嗎？」

西蒙又聳聳肩。

哈利說：「你覺得你可以擺平艾菲德嗎？」

「我可以很快解決這件事。」西蒙冷冷地說。

他按了一下桌邊的鈴。

賀伯很快出現。西蒙說：「請艾菲德先生過來。」

賀伯走出去。哈利緩緩說道：「那傢伙在門外偷聽。」

西蒙聳聳肩。

「也許吧。」

艾菲德急急忙忙走進來。看見弟弟時，他臉部抽搐了一下，然後完全無視哈利的存在，直截了當地說：「你找我嗎，爸爸？」

「對，坐吧。我剛剛在想，我們得把家裡重新安排一下，因為現在又多了兩個人。」

「兩個人？」

「珮洛兒自然得住下來，還有哈利也要在家裡長住。」

艾菲德說：「哈利要住這兒？」

「不行嗎，老哥？」哈利說。

艾菲德突然轉向他。

「我認為你自己應該很清楚！」

「是嗎？對不起，這我不明白。」

「不明白發生過的那一切？你做了那麼可恥的事，那件醜聞……」

哈利輕描淡寫地擺擺手。

「都是過去的事了，老哥。」

「爸爸為你做了那麼多，而你竟然那樣回報他。」

「喂，艾菲德，我覺得這是爸爸的事，不是你的。如果他願意原諒而且忘掉……」

「我願意。」西蒙說，「哈利畢竟是我的兒子呀，艾菲德。」

「是的，可是，為了父親……我反對這麼做。」

西蒙說：「哈利要住這兒，這是我的願望。」他溫柔地將手放在哈利肩上。「我很喜歡哈利。」

艾菲德站起來離開房間，臉色慘白。哈利也站起來跟著走出去，一邊高聲大笑。

西蒙則坐著自顧自吃吃發笑。接著他嚇了一跳，四下張望。

「該死，是誰？噢，是你啊，賀伯。別那麼偷偷摸摸的走來走去。」

「對不起，李邑先生。」

「算了。聽著，我有點事要你去辦，我要所有人在午餐後都上來我這兒……所有的人。」

「是的，李邑先生。」

「還有件事。他們來的時候，你陪他們一起過來。等你走到走廊中間時就提高聲音說話，讓我聽到。隨便什麼暗示都行，明白嗎？」

「是，李邑先生。」

賀伯從樓上下來，對泰西里說：「看來，我們的聖誕節會過得很快樂囉。」

泰西里立即問道：「您這是什麼意思？」

「等著瞧吧，泰西里先生。今天是聖誕前夕了，但你可感受到任何過節的愉快氣氛嗎？我可是毫無感覺！」

§

眾人走進房間，在門口逗留了一會兒。

西蒙正對著電話講話，他朝眾人揮揮手。

「你們全坐下，我馬上就打完了。」

老人繼續講電話。

「是『查爾頓、霍奇金斯和布魯斯事務所』嗎？是你嗎，查爾頓？我是西蒙．李邑啊。是啊……對……不，我想請你幫我立一份新遺囑……是的，我那一份已經寫了好幾年了……事情有變化……噢，不，不急，不想打擾你過聖誕，大概在節禮日[3]或之後那天吧。到這

3　節禮日（Boxing Day），英國節日，聖誕節的第二天。

兒來，我會告訴你我想做什麼。不，沒關係，我一時間還死不了。」

老人掛斷電話，看看他的八位家庭成員，笑呵呵地說：「你們怎麼全都沒精打采的，出了什麼事？」

艾菲德說：「您叫我們來……」

西蒙很快說道：「噢，很抱歉……其實沒什麼事。你們以為這是一次家庭會議嗎？沒有，只是我今天累了，你們晚餐過後都不要再過來了，就是這麼回事。我要上床休息了，我想養點精神過聖誕節。」

老人朝眾人咧嘴笑著。喬治懇切地說：「當然，當然……」

西蒙表示：「聖誕節是最重要的傳統節日，能提升家庭的凝聚力。你覺得呢，親愛的瑪格琳？」

瑪格琳跳起來，一張嘴張了又合上，看來十分可笑。她說：「噢……噢，是的！」

西蒙說：「你原本是和一個退役的海軍軍官住在一起，」他頓了一下。「也就是令尊。兩個人是很難過節的，大家庭才能熱熱鬧鬧地過節。」

「啊……嗯，對，也許吧。」

西蒙的目光越過瑪格琳。

「要過節了，我實在不想說掃興的話，可是，喬治，恐怕我要把你的生活費減一點了。

以後我這裡需要更多錢來維持開銷。」

喬治的臉脹得醬紅。

「爸，你不能那麼做啊！」

西蒙輕聲說：「噢，我不能嗎？」

「我的經濟負擔已經很重了，非常重，我都不知道要怎麼量入為出了，除非嚴格地緊縮開支。」

「讓你老婆多傷點腦筋吧，」西蒙說，「錢的事，女人總是很精打細算的。她們會設法從男人想不到的地方省錢，而且聰明的女人應該自己做衣服。我記得我老婆的針線活就做得很好，她樣樣都行，是個好女人，可惜就是太乏味了……」

大衛跳起來。老人說：「坐下，兒子，你會把東西碰翻的……」

大衛說：「我母親……」

老人答道：「你母親滿腦子漿糊！看來她把這點也遺傳給她的孩子。」他突然站起身，雙頰泛紅，聲音變得又尖又刺。「你們全都一文不值，每個人都是！我已經受夠你們！你們不是男人！你們都是弱者……一群可悲又可笑的廢物。珮洛兒一個就能頂你們兩個！我敢發誓，我在世上某個地方一定還有個兒子，比你們都強，你們只不過碰巧母親有個名分！」

「老爸，別說得那麼難聽。」哈利嚷道。

他跳起來站在那兒，平日嘻皮笑臉的臉上眉頭緊鎖。

西蒙厲聲說道：「你也一樣！你做過什麼事了？只會從各地拍電報來找我要錢！告訴你們，我看見你們就討厭！統統給我滾！」

老人靠在椅背上重重喘氣。

眾人慢慢一個個地走出去。喬治氣得滿臉通紅；瑪格琳看上去很害怕；大衛面色慘白，渾身發抖；哈利咆哮著走出房間；艾菲德則像夢遊般移動；莉迪亞昂著頭，跟在丈夫後面；只有希黛在門口停了一下，又轉身慢慢走回去。

希黛站在老人面前。老人睜眼時發現她站在那兒，不禁吃了一驚。希黛穩若泰山的站姿中，帶著威脅的意味。

老人不耐地說：「幹什麼？」

希黛說：「收到你的信時，我相信了你的話……你說希望聖誕節時能有家人陪在身邊。所以我說服大衛，讓他來了。」

西蒙說：「嗯，那又怎樣？」

希黛幽幽地說道：「你的確想要家人陪在身邊……但目的並不像你說的那樣！你要他們來，是為了挑撥離間他們，是吧？天可憐見，你竟然覺得做這種事很有趣！」

西蒙輕笑道：「我的幽默感一向與眾不同，我並不期望別人會欣賞這種玩笑，反正我很開心就是了！」

希黛一語不發。老人感到一種莫名的恐懼，他厲聲說：「你在想什麼？」

希黛慢慢說道：「我怕……」

西蒙說：「你怕，你怕我嗎？」

希黛說：「我不是怕你……我是在替你害怕！」

希黛猶如一名下了判決的法官般轉過身，向前走去，她舉步緩慢沉重，就這樣踱出了房間……

老人坐著凝視門口。

最後他站起來，踱步到保險箱前。嘴裡咕噥道：「讓我來瞧瞧我的美人們。」

§

七點四十五，門鈴響了。

泰西里去應門。他回到餐具室裡，發現賀伯在那兒，正拿著托盤上的咖啡杯，看著上邊的標記。

「是誰啊？」賀伯問。

「警察局的夏登主任……小心哪，你在幹什麼？」

賀伯把一個咖啡杯掉到地上摔碎了。

「看看你，」泰西里惋惜地說，「這些杯子我洗了十一年，從來沒打破過半個，你偏偏就跑來亂動，結果看你幹了什麼好事！」

「對不起，泰西里先生，實在很抱歉。」賀伯一臉汗地道歉說，「我不知道是怎麼搞的，你剛說警局的刑事主任來了是嗎？」

「對，是夏登先生。」

男僕血色盡失的嘴裡吐出一句話：「他……他想幹嘛？」

「為孤兒院募款。」

「噢！」男僕鬆了口氣，聲音顯得自然多了。「他籌到錢了嗎？」

「我把登記簿拿上去給李邑先生，他要我帶主任上去，並且在桌上擺好雪利酒。」

「好像每年此時，每個人除了要錢就沒別的事了，」賀伯說，「那老魔鬼挺慷慨的，雖然他毛病不少，但我還是得為他說句好話。」

泰西里正色道：「李邑先生一向是位樂善好施的紳士。」

賀伯點點頭。

「這是他最大的優點！好了，我得走了。」

「去看電影嗎？」

「應該是吧。回頭見，泰西里先生。」

賀伯從通往傭人房的門走出去了。

泰西里看看牆上的掛鐘。

他走進飯廳，把麵包捲在餐巾中。

等確定一切妥當後，泰西里敲響門廳裡的開飯鑼。

最後一聲鑼響消失時，主任也走下樓了。夏登主任是位高大英俊的男子。他穿著一件合身的藍套裝，走起路來十分威儀。

主任和氣地表示：「我想今晚應該會下霜。這不錯啊，最近天氣一直不太正常。」

泰西里搖著頭說：「潮溼對我的風溼不好。」

主任表示，風溼是種很痛苦的疾病，泰西里引他從前門出去。

老管家把門重新門好，緩緩踱回門廳。他用手揉著眼睛嘆口氣，但一瞥見莉迪亞走進客廳，便又打直腰桿。喬治．李邑也正從樓上下來。

泰西里已經等在一旁了，看到最後一名客人瑪格琳走進客廳時，他便站出來，低聲說：

「晚餐準備好了。」

泰西里對女士的穿著向來有自己的鑑賞品味。當他繞著桌子，手裡端著倒酒的酒樽遊走時，總會留意女士們的晚禮服，而且在心中暗自品評一番。

他注意到，艾菲德夫人穿上了那件黑白相間的波紋皺絲新衣，花色十分亮眼，雖然很多女士穿了都不好看，但穿在她身上，就是覺得順眼。喬治夫人穿的禮服是訂做的，這點泰西里非常肯定，一定花了不少錢。他很奇怪喬治先生怎麼會願意付帳！喬治先生討厭花錢，從來都不喜歡。現在輪到大衛夫人了。她的人是不錯啦，但卻不太會穿衣服。對她的身材來說，黑色素絨應該是最適合的料子，這種有條紋的深紅色天鵝絨，實在是下下之選。至於珮洛兒小姐，則穿什麼都無所謂。憑她的身材和秀髮，穿什麼都一定好看，即使只是件單薄而造價不高的小白袍子也一樣漂亮。老李邑先生很快便留意到她，為她的美貌目眩神迷了。男人上了年紀都一樣，會為年輕的面孔無法自持。

「德國白葡萄酒還是法國波爾多紅酒？」泰西里在喬治夫人耳邊謙恭地小聲問道。

他從眼角餘光中注意到男僕華特又弄反了上菜順序……這些事已經告訴過他好幾回了！

泰西里端著蛋奶酥繞桌而行。現在他對女士衣著的興趣，以及因華特的過失而引起的不安，都已經過去了。泰西里突然覺得，今晚每個人都非常沉默，只有哈利先生在那裡談個不停。噢，不，不是哈利先生，是那位南非來的紳士，其他人雖然也在說話，卻是有一搭沒一搭。餐桌上的氣氛有點……詭異。

拿艾菲德先生來說吧，他看起來很不對勁，好像受到什麼打擊似的，一臉茫然的把盤子裡的食物撥來撥去，卻一口也沒吃。泰西里看得出艾菲德夫人很為丈夫擔心，她一直隔著桌子望著他——當然啦，只是靜悄悄地，讓人不太看得出來。喬治先生的臉很紅——他其實是在狼吞虎嚥，根本沒注意到食物的滋味，他再不小心的話，總有一天會中風。喬治夫人沒吃東西。是在節食減肥嗎？好像不太可能。珮洛兒小姐好像吃得很開心，正和那位南非紳士有說有笑。他大概迷上她了，他們倆似乎沒什麼心事！

大衛先生？泰西里很替他擔心，大衛跟他母親真像，而且年輕得出奇，可是他緊張得……瞧，他把自己的杯子都打翻了。泰西里把杯子移開，俐落地將地上的酒擦乾，將一切弄妥。然而大衛似乎根本沒注意到泰西里的動作，只是面色蒼白地坐在那兒瞪著前方。

說到臉色蒼白，剛才賀伯在餐具室裡聽到主任造訪時的表情，實在有夠可笑，那幾乎就像……

泰西里的思路突然被打斷。華特把端在菜裡的梨子給弄掉了。現在的這些男僕真是不行！再這樣下去，他們只能去當馬夫了！

泰西里端著甜酒繞行桌邊。哈利先生今晚似乎有點心不在焉，他不停地看著艾菲德先生，他們兩個從小就不對頭。哈利先生自然是他父親最喜愛的孩子，這令艾菲德先生耿耿於懷。李邑先生從來就不怎麼關心艾菲德，真遺憾，艾菲德一直對他父親如此全心全意。

啊，艾菲德夫人現在站起來了，她沿著桌邊走著，儀態高雅大方，那身波紋皺絲衣料設計得相當曼妙，衣服上的連帽也很適合她。真是位氣質優雅的夫人。

泰西里回到餐具室，關上飯廳的門，讓諸位男士享用他們的甜酒。

他端著咖啡盤走進客廳，四位女士正尷尬地坐在裡邊，四人一語不發。泰西里靜靜地送上咖啡。

他又離開客廳。回到餐具室時，看見飯廳的門開了，大衛從裡頭出來，穿過門廳走向客廳。

泰西里返回餐具室，他向華特提出嚴重的警告，這傢伙實在太莽撞了！然後，泰西里獨自在餐具室裡，疲憊已極地坐了下來。

他覺得很沮喪，聖誕前夕，氣氛竟如此風雨欲來……他不喜歡這樣！

泰西里費勁地站起來，到客廳裡收拾咖啡杯。房裡只剩下莉迪亞了，她立在房間彼端，窗簾半掩著她的身影，她正望著窗外的夜色。

大衛先生在彈琴，一陣哀怨的音樂聲飄了過來，泰西里心想，為什麼大衛先生要彈奏〈送葬曲〉呢？

是送葬曲沒錯。唉，事情真的愈來愈不對勁了。

泰西里慢慢沿著門廳，返回餐具室。

此時，他開始聽見頭頂上的喧鬧聲，那是瓷器碰碎、家具撞翻倒地的聲音，還有接續不斷的撞擊聲。

天啊，泰西里想，李邑先生在做什麼？上面到底發生什麼事了？

就在這個時候，一聲清晰的尖叫穿射而來，那悚然的尖銳嚎叫，被一陣窒悶的咯咯聲蓋住了。

泰西里一時呆在原處，接著他跑進門廳，衝上樓去。其他人也跑來了，整間房子都聽見了那淒厲的叫聲。

大夥衝上樓梯，轉過梯口，經過擺放著幾尊怪誕雕像的壁龕，沿著筆直的走廊來到老人的房間。法爾和大衛夫人已經在那兒了，她背靠著牆，而他正在轉動門把。

「門鎖上了，」他說，「門是鎖著的！」

哈利擠過來，搶過門把又擰又推。

「爸，」他喊道，「爸爸，讓我們進來呀。」

他舉起手，示意要大家安靜，大家都靜靜聽著。沒有任何回答，房間裡沒有任何聲音。

大門的門鈴響了，但誰也沒注意到。

史帝芬·法爾說：「得把門撞開，這是唯一的辦法。」

哈利說：「這些門的質地都很堅固，很難撞開。來吧，艾菲德。」

他們使勁又拉又拽，最後找來了一張橡木長凳，用它來撞門。門終於被撞開了，門的鉸鏈被撞斷，掛在門框上搖搖晃晃。

一時間，一群人擠作一團，一起向裡頭張望。

眼前的景象，令每個人終生難忘……

這裡顯然發生過打鬥，笨重的家具一一翻倒在地，瓷花瓶的碎片四處散落，而老人就躺在壁爐前的地毯上，在一灘血泊中……鮮血濺得到處都是，這地方簡直就像個屠宰場。

有人顫聲長嘆，接著有兩個聲音先後響起。奇怪的是，他們都分別引述了別人的話。

大衛說：「上帝的磨坊慢工細磨……」

莉迪亞的聲音則近乎呢喃。

「想不到這老頭子身上會有這麼多血……」

§

夏登主任已經按三次鈴了，最後只好絕望地用力砸著門環。

驚魂未定的華特終於來開門了。

「噢，」華特鬆口氣說，「我剛才正在給警方打電話呢。」

「為什麼？」夏登主任立即問道，「這裡發生了什麼事？」

華特悄聲說：「是李邑先生，他被人謀殺了。」

主任推開華特衝上樓去，沒有任何人注意到他的到來。當他進房間時，看見珮洛兒彎身從地板上撿起某件東西。大衛站在那兒，雙手摀著眼睛。

主任看見眾人擠成一團，唯獨艾菲德一個人站在父親屍體旁邊，他站得非常近，低頭俯視，臉上毫無表情。

喬治鄭重地說著：「警察趕來之前，什麼都不能碰……記住，所有的東西都不能碰。這很重要！」

「對不起。」夏登說。

他擠向前，輕輕地將女士們趕到一邊。

艾菲德認出他了。

「啊，」他說，「是你，夏登主任，你來得真快。」

「是的，李邑先生。」夏登主任未多費時間解釋。「這是怎麼回事？」

「我父親……」艾菲德表示，「他被殺了，被謀殺的……」

他再也說不下去了。

瑪格琳突然歇斯底里地抽泣。

夏登舉起他的大手，非常權威地說：「除了李邑先生和……呃，喬治．李邑先生，其他人請離開房間，好嗎？」

眾人不甚情願的慢慢朝門口移動，活像一群綿羊。這時夏登主任突然攔住珮洛兒。

「對不起，小姐。」他親和地表示，「所有的東西都不能碰或移動。」

珮洛兒瞪著他。史帝芬．法爾不耐煩地說：「當然了，這點她知道。」

夏登主任的態度依舊親切，他又說：「你剛從地板上撿起了什麼東西？」

珮洛兒睜大了眼睛望著，不可置信地說：「我有嗎？」

夏登主任仍舊客氣，只是聲音更為堅定。

「是的，我看見了……」

「噢！」

「所以請把東西交給我，它就在你手裡。」

珮洛兒慢慢攤開手，只見她手裡有一小片橡皮和一小塊木頭做的東西。夏登主任將它們拿過來，裝進信封，然後放入自己胸前的口袋裡，說道：「謝謝。」

他轉過身，就在這一剎那，史帝芬．法爾的眼睛流露出一絲敬意，他先前好像小看了這位高大英俊的主任。

眾人慢慢走出房間。他們聽見身後主任公事公辦地說：「好了，現在麻煩你……」

§

「沒有什麼比用木柴生的火更好了。」強生上校邊往爐裡添木塊邊說著，然後將椅子拉近爐火。「你請自便吧。」他又加了一句，殷勤地招呼客人使用旁邊的透明酒櫃和蘇打水瓶。

客人禮貌地揮手表示不用。強生小心翼翼地把椅子朝著燃動的火焰挪去，雖然這樣做很有可能燒到腳尖（就像某些中世紀的酷刑），而且也擋不了背後呼嘯的冷風。

米德郡的警政署長強生上校可能覺得沒什麼勝得過壁爐裡生的爐火。但赫丘勒・白羅認為，中央暖氣設備要強過它千倍！

「那件卡特洛命案真令人驚訝，」署長帶著一種懷舊的感慨評論道，「不可思議的人！渾身散發魅力。不知怎麼搞的，當他和你一起到這裡時，哄得我們對他都言聽計從。」他搖搖頭。「我們從沒碰過那樣的案子！」他說，「幸好以尼古丁毒殺的案子相當罕見。」

「有時候你會以為英國人不屑下毒，」赫丘勒・白羅說，「以為施毒是外國人的下流方式，勝之不武！」

「我倒不認為這樣，」署長表示，「我們英國有很多用砒霜下毒的案子，實際上可能比我們想像的還多哩。」

「也許吧。」

「毒殺案很難處理，」強生上校說，「專家常各執一詞，而醫生發表談話時，又謹慎得不得了。這種案子很難取得陪審團認同。如果非殺人不可（這當然是有違天理），就別在那裡裝神弄鬼，還是給我一件死因確實的案子吧。」

白羅點點頭。

「所以你偏愛槍傷、被割斷的咽喉、被砸扁的腦袋嗎？」

「唉呀，老兄，那怎麼叫偏愛呢，你可千萬別以為我喜歡謀殺案！我希望永遠別再有謀殺案了。反正啊，在你來訪期間，我們應該可以過一段平安日子才是。」

白羅謙遜地表示：「我的聲名……」

強生接著說下去。

「聖誕佳節，」他說，「到處和樂融融，一片祥和。」

赫丘勒·白羅靠在椅背上，兩手交叉，若有所思地審視他的東道主。

白羅喃喃道：「那麼，你的意思是，聖誕節的時候不可能會發生犯罪事件囉？」

「我就是這個意思。」

「為什麼？」

「為什麼？」強生好像被刺了一下。「這個，就像我剛才說的……聖誕節是飲酒作樂的節日！」

赫丘勒・白羅嘀咕道：「英國人的感情也太豐富了吧！」

強生拗道：「是又怎樣？就算我們真的喜歡過去，喜歡古老的傳統，那又怎麼樣？有什麼不對嗎？」

「是沒什麼不對，而且非常感人！不過我們先來檢視一些事實。你說聖誕節是飲酒作樂的節日，那是不是意味著大吃大喝？實際上也就表示暴飲暴食！暴飲暴食是會引起消化不良的！消化不良之下，人也傾向急躁易怒！」

強生上校表示：「犯罪，並不是由於急躁易怒而造成的。」

「未必！換個方式看吧。聖誕節有種和平的氣氛，這是製造出來的。過去的爭執平息下來，原本不和的人再次和解，即使只是暫時的。」

強生點點頭。

「對啊，年終歲末言歸於好。」

白羅繼續闡述他的理論。

「而那些平日分散在各地的家庭成員再度團聚。老兄，你得承認，這種情況會產生極大的壓力，那些脾氣差的人拚命強迫自己表現和善的一面。聖誕節有很多偽善的事物，儘管出於善意，出於正常理由，但無論如何都是一種偽善！」

「嗯，我倒不會那麼說。」強生上校懷疑地表示。

白羅朝他笑道：「不，不，這話是我說的，不是你講的。我只是向你指出，在這種情況下——在精神壓力下，在身體不適時——原本微不足道的憎惡與衝突，都很可能突然變得相當嚴重。佯裝自己比平時更慈悲寬容、更高尚，遲早會使人變得更惡劣粗暴、更令人不快。事實上，如果你壓抑本性的自然流露，內心的堤壩遲早會被洪流沖垮！」

強生半信半疑地看著白羅。

「我從來就搞不清你是在說真的，還是在跟我開玩笑。」他抱怨道。

白羅朝他笑了笑。

「我不是認真的，一點兒也不是！不過反正都一樣，我說的話不會錯……刻意的情境會激發出人的本性。」

強生上校的男僕進房來。

「夏登主任來電話了，先生。」

「好的，我就來。」

署長表示歉意後離開房間。

約莫三分鐘後，署長面色凝重而焦慮的回來了。

「該死！」他說，「發生了謀殺案！而且還是在聖誕節前夕！」

白羅的眉毛揚了起來。

「確定是謀殺嗎？」

「呃？噢，不可能有別的答案了！很明確，是謀殺……而且是相當殘忍的謀殺！」

「被害人是誰？」

「西蒙．李邑，他是我們這兒最有錢的人之一！早先靠黃金……不，應該是鑽石，在南非發跡。他大舉投資製造挖礦工具，我相信是他自己的發明。反正他靠那玩意發了大財，據說他的財產有好幾百萬。」

白羅說：「他人緣好嗎？」

強生慢吞吞地說：「我不認為有人喜歡他，他那人很怪，至今已殘廢了好些年了，我本人對他所知有限，不過他絕對是本郡的大人物之一。」

「那麼這個案子會造成很大轟動囉？」

「是啊，我得盡快趕到朗代爾去。」

強生猶豫了一下，看著他的客人。白羅代替對方問了他沒說出口的問題：「你希望我陪你去嗎？」

強生尷尬地說：「求助於你好像滿丟臉的，可是，你也知道，夏登主任是個好人，勤懇、謹慎又可靠，可是，嗯，就是缺乏想像力。既然你在這兒，他應該能受惠於你的建議。」

強生在說最後一句話時躊躇了一會兒，把話說得十分含蓄。白羅立即表示：「我很樂意，我會盡我所能來協助你們。我們不該傷及這位好主任的顏面，那是他的案子，不是我的，我只是一個私人顧問而已。」

強生上校親切地說：「你真是個好人，白羅。」

說完，兩個人就出發了。

§

一名警員前來為兩人開門，並向他們敬禮。警員身後，夏登主任正從門廳走過來，他說：「真高興您來了，長官。我們到左邊那個房間好嗎？那是李邑先生的書房。我想和兩位簡報一下，這整件事非常奇怪。」

夏登領著兩人來到門廳左側的小房間。屋裡有一架電話和一張擺滿文件的寫字檯，四面盡是一排排的書櫥。

強生表示：「夏登，這是赫丘勒・白羅先生。你可能聽過他的大名，他正好和我在一起。這位是夏登主任。」

白羅頷首示意，打量著對方。眼前是位高大的男子，肩膀寬長，渾身軍人氣質，他有著鷹勾鼻、堅毅的下巴和濃密的栗色唇髭。在互相介紹後，夏登緊盯著白羅，而白羅則一個勁地望著夏登的鬍子，似乎為它的茂密感到著迷。

主任表示：「我當然聽過您的大名，白羅先生。我若沒記錯的話，你好多年前也來過這裡，史全奇爵士命案，尼古丁致死。那不是我的管區，不過我當然都聽說了。」

強生上校不耐煩地說：「好啦，夏登，把發生經過告訴我們吧。你說，這案子很明確。」

「是的，長官，必定是謀殺，絕無疑問。據醫生說，李邑先生的喉嚨被切開，頸部靜脈被割斷了。但整件事有一個非常奇怪的地方。」

「你的意思是……」

「請你先聽聽我的遭遇，長官。情況是這樣的：今天下午大約五點左右，我在艾斗野警察局接到李邑先生電話，他的聲音在電話中聽來有些古怪，他要我晚上八點去見他，而且還特別強調這個時間。還有，他要我跟他的管家說，我是去為警方的慈善活動募款。」

強生立即抬眼看他。

「他想找個合理的藉口，請你去他家？」

「沒錯，長官。嗯，當然啦，李邑先生是大人物，所以我就答應他的請求了。我不到八點就到了，並介紹自己是來為孤兒院募款的。管家去了又回來，表示李邑先生想見我。隨後便帶我去李邑先生房裡。房間是在二樓，飯廳的正上方。」

夏登主任停頓一下，喘口氣，然後又公事公辦地往下報告。

「李邑先生穿著睡袍坐在壁爐旁的椅子上，管家關門離開後，李邑先生叫我坐到他身旁。然後吞吞吐吐地表示，想提供我一件竊盜案的細節。我問他什麼被偷了，他答說，他認為他有一批價值幾千英鎊的鑽石（沒加工過的鑽石，他好像是這麼說的）被人從保險箱裡偷走了。」

「鑽石，嗯？」警政署長說。

「是的，長官。我問了一些例行的問題，但他的態度非常不確定，回答也頗為含糊。最後他說：『請你務必了解一點，主任，這件事也有可能是我弄錯了。』我說：『我不太明白，先生。鑽石若不是不見了，就是還在；不是前者就是後者。』他答說：『鑽石確實是不見了，主任，但這很可能是一個相當愚蠢的惡作劇而已。』我覺得很納悶，但沒說什麼。接著他說：『我很難詳細為你說明，但就是這麼回事。依我看，到目前為止，只有兩個人可能拿鑽石，其中一人也許是為了開玩笑。但如果是另一個人拿走的，那就一定是偷竊。』我說：『你到底希望我怎麼做，先生？』他立刻答道：『我希望主任半個小時後再來……不，更晚一點……九點一刻吧。那時我就能告訴你鑽石是否被偷了。』我雖然一頭霧水，不過還是同意了，然後就離開。」

強生上校發表意見說：「奇怪，太奇怪了。你看呢，白羅？」

赫丘勒・白羅說：「我能先請問一下主任的看法嗎？」

主任邊摸著下巴，邊小心翼翼地答道：「呃，我想過各種可能，但大致來說，我是這麼推斷的：根本沒有什麼惡作劇，鑽石的確是被人偷了，不過那老頭子無法確定是誰偷的。我覺得，他說可能是兩人中的某一個偷的，這點應該是真的；而且我想其中一個是傭人，另一個是家人。」

白羅讚賞地點點頭。

「非常好，對，這解釋了老先生的態度為何不太確定。」

「所以他要我晚點再來。這段時間，他打算跟那兩個人分別談一談，他會告訴他們說，他已經把這件事跟警方說明了，但如果他們能盡快歸還鑽石，他就不會再追究。」

強生上校表示：「如果嫌犯沒反應呢？」

「那樣的話，老先生打算交給警方調查。」

強生上校皺皺眉，捋著鬍子，反駁道：「他為什麼不在叫你來之前，先個別和他們談談呢？」

「不，不，長官。」主任搖頭說，「如果他那樣做，只會讓人覺得是在虛張聲勢而已，不會這麼具有說服力。竊賊可能會認為：『管他猜到了什麼，老傢伙反正不會叫警察！』但如果老人對他說：『我已經跟警方說了，刑事主任剛剛才離開。』而竊賊去問管家，管家又證實了這件事：『是啊，主任開飯前才在這兒呢。』這樣的話，竊賊就會相信老先生是玩真的，而且決定把鑽石吐出來為妙。」

「哦，原來如此。」強生上校說，「夏登，你覺得這個『家人』可能是誰呢？」

「不知道，長官。」

「老先生沒給你任何暗示嗎？」

「沒有。」

強生搖搖頭說：「好吧，請繼續說。」

夏登主任一本正經地接著說道：「我在九點十五分時再次回到這棟房子，長官，我正要按前門門鈴時，聽到房裡傳來一聲尖叫，接著是一陣嘈雜的喊叫聲和一片混亂。我按了幾次鈴，又敲門環，三、四分鐘後才有人來開門。當男僕終於把門打開，我馬上知道出事了。男僕全身發抖，看起來一副要昏倒的樣子，他上氣不接下氣地表示李邑先生被謀殺了。我急忙跑上樓去，發現李邑先生的房間裡一片狼藉，顯然經過激烈的打鬥。李邑先生躺在壁爐前的血泊之中，喉嚨被割開。」

強生立即接口說：「會不會是自殺？」

夏登搖搖頭。

「不可能，長官。舉個例子說吧，房裡的桌椅都翻倒了，到處是打破的陶器和其他裝飾品，而且現場找不到任何做案的刀子。」

強生署長沉思道：「嗯，你說的也有道理。房裡有人嗎？」
「大部分的家人都在，長官，他們只是站在旁邊。」
強生表示：「你有什麼看法，夏登？」
夏登主任緩緩說道：「這件事很棘手。我覺得應該是家裡的人幹的，我不覺得外人在殺了人之後，能夠及時逃走。」
「窗戶呢？是關的還是開的？」
「房裡有兩個窗戶，長官。一個是關的，而且還上了閂，另一個從底下打開了幾吋——但窗子用防盜螺栓固定在那個位置，而且我試過了，栓得非常緊——我想應該有好幾年沒開過了。還有，外面的牆很光滑，沒有裂縫，也沒有常春藤或其他爬藤植物，我認為任何人都不可能從那兒逃走。」
「房裡有幾扇門？」
「只有一扇。房間在走廊的盡頭，門從裡面鎖住了。大家聽到搏鬥聲及老人垂死的尖叫時，立即就衝上樓來，他們得把門撞開才進得去。」
強生馬上接口問道：「有誰在房裡？」
夏登主任正色說：「除了幾分鐘之前才被殺死的老人外，沒有任何人，長官。」

§

強生上校瞪了夏登主任幾分鐘後，才脫口而出。

「你是想告訴我，這是個有人在上鎖的房間裡被某種超自然力量殺死的鬼案子嗎？那種偵探小說裡才有的事？」

主任一邊正經八百的答話，一邊忍不住偷笑。

「我不認為事情有那麼糟，長官。」

強生上校說：「他是自殺的，一定是自殺的！」

「如果是這樣，兇器呢？不，長官，自殺的看法沒辦法成立。」

「那麼兇手又是怎麼逃走的呢？從窗戶嗎？」

夏登搖搖頭。

「我敢發誓兇手不是從窗口逃走的。」

「但門鎖住了，據你說，是從裡頭反鎖的。」

夏登主任點點頭，從口袋裡掏出一把鑰匙放在桌上。

「沒有指紋，」夏登說，「可是再瞧瞧那把鑰匙，長官，用放大鏡仔細看一下。」

白羅彎身與強生一起檢查鑰匙，強生發出一聲驚嘆。

「唉唷，看到了，鑰匙尖有輕微的劃痕。你看見了嗎，白羅？」

「有啊，看到了。也就是說，有人在門外操作，牽動裡面的鑰匙……用一種特別的工具，它可以穿過鑰匙孔抓住鑰匙……也許普通的尖嘴鉗就能達成目的。」

主任又點點頭。

「絕對可以。」

白羅說：「那麼，那人的用意在於，讓人以為老先生是自殺的，因為門是鎖著的，而且房裡又沒有別人。」

「正是如此，白羅先生，絕對是這樣。」

白羅懷疑地搖搖頭。

「可是房裡亂成這樣！光是這點，就可以推翻自殺的推論了，因為凶手一定會先把房間重新擺設好。」

夏登主任說：「可是他沒時間啊，白羅先生。問題就在這裡，他來不及了，也許他預計把對方殺個措手不及，但事情沒這麼順利，發生了一場搏鬥……而樓下的人顯然都聽到了。更有甚者，老人高聲呼救，所有人都衝了上來，凶手只來得及匆匆溜出房間，再從外面把門鎖上。」

「是沒錯，」白羅承認。「凶手可能搞砸了，但至少他該留下凶器吧？因為沒有凶器，當然就不可能會是自殺！這是最嚴重的錯誤。」

夏登主任不為所動。

「根據我們的經驗，罪犯總是會犯錯。」

白羅輕輕嘆口氣，小聲說：「儘管凶手犯了錯，結果他還是逃掉了。」

「我不認為他真的逃掉了。」

「你是說他還在這房子裡？」

「我不認為他會在別處，這是內部人做的案子。」

「可是，這還是沒有差別，」白羅溫和地指出這一點。「就某種意義上來說，凶手還是逃掉了，因為你並不知道凶手是誰。」

夏登主任的語氣溫和而堅定。

「我們很快就會知道，這點我很有把握。我們還沒對這家人進行調查呢。」

強生上校插嘴說：「喂，夏登，我想到一件事。無論是誰從外邊鎖上門，他一定具備不少這方面的知識，也就是說，他很可能有過犯罪經驗，因為這類工具並不容易使用。」

「你是指，這是件職業犯案嗎，長官？」

「正是這個意思。」

「看起來是滿像的，」夏登承認道，「由此推斷，也許僕人當中有職業竊賊，然後這便可以解釋鑽石何以被偷，而謀殺的起因也就變得順理成章了。」

「那麼，是哪裡不對嗎？」

「一開始我也是那樣想的，但其實困難重重。李邑家有八名僕人——六位女僕，而且這六個人中，有五位已經做了四年以上。另外還有管家和男僕。管家在這兒快四十年了……這是很可觀的記錄。男僕是本地人，父親是園丁，在這兒長大的，我看不出他會是職業竊盜。另有一位是李邑先生的貼身隨從，和其他人比起來，他算新來的，但他當時不在房裡，現在也還沒回來，他八點之前剛剛出去。」

強生上校說：「你有屋子裡在場人士的名單嗎？」

「有的，長官，我從管家那兒拿來了。」夏登拿出筆記本。「要我唸給你聽嗎？」

「麻煩你。」

「艾菲德先生和夫人、國會議員喬治及妻子、哈利先生、大衛先生和夫人珮……」主任遲疑了一下，小心唸出那個名字。「珮洛兒……」像在拼字似地。「艾托瓦多小姐、法爾先生，然後就是僕人了，有管家愛德華・泰西里、男僕華特・錢恩、廚子艾梅莉・李維、二等女僕葛絲・貝斯特、三等女僕碧翠・莫坎、清潔婦瓊恩・肯奇、貼身隨從辛迪・賀伯。」

「就這麼多了，呃？」

「就這麼多了，先生。」

「知道案發時他們每個人都在哪兒嗎？」

「只知道粗略情形。我說過，我還沒盤問過任何人。據泰西里說，男士們當時還在飯廳裡，而女士們則去了客廳，泰西里隨後送上咖啡。據他說，他送完剛回到餐具室，就聽見樓上一陣亂響，接著傳出一聲尖叫，他跑到門廳，跟著其他人一起衝上樓去。」

強生上校說：「李邑家中有哪些人是生活在這裡？哪些人只是在此留宿？」

「艾菲德先生和夫人住在這兒，其他人是來作客的。」

強生點點頭。

「他們現在人呢？」

「我請他們留在客廳，等我聽取他們的證詞。」

「我明白了。好吧，我們最好上樓去看看現場。」

夏登主任帶領兩人踏上寬闊的樓梯，穿過走廊。

當強生上校進入命案現場時，不禁倒抽了一口氣。

「太可怕了！」他說。

他站了一會兒，仔細觀察那些翻倒的椅子、碎裂的瓷器，以及染血的碎片。

一名年邁的瘦削男人正跪在屍體旁，此時他站起來向眾人點頭示意。

「晚安，強生，」他說，「真的是一片狼藉，對吧？」

「是啊。有沒有找到什麼，醫生？」

醫生聳聳肩，咧嘴笑道：「審訊時，我會提供給你們專業性的報告，事情很單純，喉嚨被割開了，像殺豬一樣，死者一分鐘內便失血而亡。找不到凶器的蹤影。」

白羅越過房間來到窗邊，正如主任所言，窗子有一個是關著的，而且上了閂。另一個則從底部打開約四吋，用一根老舊的防盜粗螺釘栓牢在那個位置上。

夏登說：「據管家表示，無論天氣好壞，那個窗戶從來都不關。為了怕雨飄進來，還在窗戶下鋪了一小塊油氈，不過因為有屋簷擋著，所以雨不太打得進來。」

白羅點點頭。他走回屍體旁，低頭看著老人。

死者齜牙咧嘴，面目猙獰，手指像爪子一樣彎曲。

白羅說：「他看上去並不壯啊。」

醫生說：「我相信他很結實，還可以撐過一些會令大多數人致命的疾病。」

白羅說：「我不是這個意思，我是說，他不是很魁梧，體格上不是很健壯。」

「對，他很瘦弱。」

白羅從死者身邊走開，彎身檢查一張翻倒的椅子，那是張桃花心木做的大椅子。椅子邊也是張桃花心木的圓桌和一大盞瓷燈的碎片。另外兩張小一點的椅子倒在一側，還有水瓶和兩個玻璃杯的小碎片、一個完好無損的玻璃紙鎮、各式書籍、一個摔得粉碎的日本大花瓶，再加上一小尊青銅裸女像，這些就是全部的東西了。

白羅神情嚴肅的在這片混亂中彎下腰，他並沒有碰它們，只是仔細觀察。白羅皺著眉頭，似乎十分困惑。

強生說道：「有什麼不尋常嗎，白羅？」

白羅嘆口氣，低聲說：「這麼一個弱不禁風的老人……還有，所有這些東西。」

強生看起來很不解，他轉過頭，對忙著工作的警員說：「採到指紋了嗎？」

「很多，長官，房間裡到處都是。」

「保險箱上呢？」

「沒什麼，只有老先生自己的指紋。」

強生轉向醫生。

「血跡呢？」他問道，「凶手身上一定會染到血吧。」

醫生懷疑地說：「不一定，血幾乎是從頸靜脈流出來，不會像動脈的血那樣噴出來。」

「是，是，但四周好像有很多血呢。」

白羅說：「是啊，這兒有好多血……滿驚人的，血真的很多。」

夏登主任恭敬地問道：「您……嗯，這讓您想到什麼了嗎，白羅先生？」

白羅看著他，困惑地搖搖頭。他表示：「這兒的確有某種東西……暴力的跡象……」他停了一會兒，又接著說：「對，沒錯，暴力……還有血，特別是血……這兒有……該怎麼說呢？這兒有太多的血了，椅子上，桌子上，地毯上……這是血祭嗎？獻祭的血？是這樣嗎？也許吧。這麼孱弱的老人，這麼瘦，這麼乾癟，可是死的時候流了這麼多血……」

白羅的聲音逐漸消失。夏登吃驚地瞪大眼睛望著白羅，萬分崇敬地說道：「奇怪，她也是這麼說的，那位夫人……」

白羅厲聲說：「哪位夫人？她說了什麼？」

夏登答道：「李邑夫人……艾菲德夫人。她當時站在門口說的，聲音低得幾乎聽不見。我當時沒明白它的含義。」

「她說了什麼？」

「好像是，想不到這老頭子身上會有這麼多血……」

白羅輕聲說：「『想不到這老頭子身上會有這麼多血』？這是馬克白夫人的台詞。她是這麼說的。啊，這有意思……」

§

艾菲德先生和夫人走進小書房，白羅、夏登及警政署長都站在裡面等他們。強生上校先走上前來。

「你好，李邑先生。我們並沒有正式見過面，但如你所知，我是這個郡的警政署長，名叫強生。貴府發生這樣的不幸，我們深表遺憾。」

艾菲德的棕色眼睛哀慟逾恆，他啞聲說：「謝謝你。太恐怖了，實在是太恐怖了。我……這是內人。」

莉迪亞平靜地表示：「這對我先生而言，是個可怕的打擊……對我們所有人都是，但對他尤其是。」

她將手放在丈夫肩上。

強生上校說：「請坐下，李邑夫人。讓我為你們介紹一下，這位是赫丘勒．白羅先生。」

白羅頷首示意，他的目光感興趣地從那位丈夫轉移到那位妻子身上。

莉迪亞用手溫柔地按著艾菲德的肩膀。

「坐吧，艾菲德。」

艾菲德依言坐下，他低聲說：「赫丘勒．白羅。啊，他……是誰呀？」

他用手摸著額頭，有些恍惚。

莉迪亞表示：「強生上校有好多問題要問你呢，艾菲德。」

強生欣賞地看著夫人，感謝她的明理與鎮定。

艾菲德說：「當然，當然……」

強生心中暗想：「這個打擊似乎把他擊垮了，希望他能自持一些。」

強生大聲表示：「我手上有份名單，上面有今晚所有在場人士的名字，也許你可以告訴我，名單是否正確無誤。」

他對夏登做了個小小的手勢，後者拿出筆記本，又把那些名字唸了一遍。

這道程序似乎使艾菲德漸漸恢復了正常，他重新控制住自己，不再兩眼發直、恍恍惚惚了。夏登唸完後，艾菲德點點頭。

「非常正確。」他說。

「你能再多告訴我們府上客人的事嗎？我想，喬治先生和夫人，以及大衛先生和夫人是你的親戚吧？」

「是我弟弟和弟媳。」

「他們只是在這兒暫住嗎？」

「是的，他們是來過聖誕節。」

「哈利先生也是你弟弟嗎？」

「對。」

「另外兩名客人，艾托瓦多小姐和法爾先生呢？」

「艾托瓦多小姐是我外甥女，法爾先生是我父親在南非時的合夥人之子。」

「啊，是老朋友。」

莉迪亞插話道：「不，事實上我們之前從未見過他。」

「我明白了，不過你們請他留下來和你們一起過節？」

艾菲德猶豫了一下，看著他的妻子。莉迪亞明確地表示：「法爾先生昨天突然來訪，他碰巧到這附近，於是就來拜訪我公公了。當我公公得知他是老友的兒子時，便堅持要他和我們一起過節。」

強生上校說：「原來如此。家中的人都交代清楚了。至於僕人方面，李邑夫人，你認為他們都可靠嗎？」

莉迪亞回答之前考慮了一會兒，然後說道：「是的，我確信他們都很可靠，他們大都和我們很久了。管家泰西里從我先生小時候就在這兒。唯一新來的僕人是清潔婦瓊恩，以及侍候我公公的貼身隨從。」

「他們怎麼樣呢？」

「瓊恩有點少根筋，其他都很好。我對賀伯知道得很少，他來這兒才一年，工作很幹練，而且看來我公公對他也很滿意。」

白羅尖銳地問：「夫人，但你不是很滿意？」

莉迪亞聳聳肩。

「這與我無關。」

「但你是這個家的女主人，夫人，僕人的事不該你管嗎？」

「噢，是的，當然。但賀伯是我公公的貼身隨從，不在我的管轄範圍。」

「我明白了。」

強生上校表示：「現在我們來談談今晚發生的事，只怕會讓你很難過了，李邑先生，但我想聽你描述事發經過。」

艾菲德低聲說：「當然。」

強生上校提示他說：「比如說，你最後一次見到令尊是什麼時候？」

艾菲德低聲回答時，臉上閃過一絲痛苦的抽搐。

「是在下午茶之後，我陪了他一會兒，最後我對他道晚安，約莫在五點四十五分的時候離開他。」

白羅指出：「你跟他道晚安？那麼你已料到當晚不會再見到他囉？」

「是的。我父親晚餐吃得不多，通常在七點送過去給他。有時他飯後很早就上床了，有時則只是坐在椅子裡，除非他特地派人來叫，否則一般是不會再見我們。」

「他經常叫你們去嗎？」

「只是偶爾……如果他高興的話。」

「但並不是時常如此？」

「對。」

「請繼續說吧，李邑先生。」

艾菲德接著說道：「我們八點鐘吃晚餐，飯後內人和其他女士一起去客廳。」他的聲音開始發顫，眼神也發直。「我們坐在桌邊……突然間，樓上傳來駭人的喧鬧聲，椅子倒了，家具翻了，玻璃和瓷器摔得粉碎。接著……噢，天哪，」艾菲德發抖著。「我現在還能聽見那個聲音……父親的尖叫聲，那毛骨悚然的長聲尖叫，那是一個人在極大痛楚下發出的叫聲……」

他用顫抖的雙手摀住自己的臉。莉迪亞伸出手碰碰他的袖子。強生上校溫和地說：「後來呢？」

艾菲德斷斷續續地說道：「大家先是一愣，接著便跳起來衝出門去，奔向樓上父親的房間。門是鎖的，我們進不去，只得把門砸開，後來等我們進去後，便看見……」

艾菲德不出聲了。

強生連忙表示：「這部分就不用說了，李邑先生。請你把時間往回推一點。當你還在飯廳裡，聽到喊叫聲時，誰和你在一起？」

「誰和我在一起？我們全都……不，讓我想想……我弟弟在那兒，舍弟哈利。」

「沒有別人了嗎？」

「沒有。」

「其他男士在哪兒？」

艾菲德嘆口氣，努力回想。

「我想想看……似乎是很久以前的事了，是的，像有好幾年了……到底發生什麼事了？噢，對了，喬治去打電話。然後我們開始討論家務事，史帝芬·法爾說，既然我們要討論事情，他還是先行告退，他做得很得體、很圓融。」

「令弟大衛呢？」

艾菲德皺皺眉。

「大衛？他不在那兒嗎？對，他不在那兒。我不太清楚他什麼時候溜出去的。」

白羅溫和地說：「你們當時要討論家務事？」

「呃……對。」

「也就是說，你有事要和一名家人討論？」

莉迪亞說：「我不明白你的意思，白羅先生？」

白羅立刻轉向她。

「夫人，你先生說，法爾先生離開是因為他們有家務事要談，不過由於大衛先生和喬治先生都不在，那就算不上是家庭會議了，因此，這僅是一場侷限於兩個家庭成員之間的討論而已。」

莉迪亞說：「我的小叔哈利在國外待了很多年。他和外子有事要談是很自然的事。」

「啊，原來是這樣。」

莉迪亞很快掃了白羅一眼，然後將眼神移開。

強生說：「嗯，這樣就很清楚了。你衝進令尊房裡時，可曾注意到別的人？」

「我……真的不知道，真的。大家從不同的方向跑過去，我並沒有多加留意，我太慌張了，那可怕的叫聲……」

強生上校很快轉換話題。

「謝謝你，李邑先生。現在還有另一個問題。據我所知，令尊有一些很珍貴的鑽石。」

艾菲德一臉驚詫。

「是的，」他說，「沒錯。」

「他把鑽石放在哪裡？」

「放在他房裡的保險箱。」

「你能形容一下鑽石長什麼樣子嗎？」

「是一批未經加工的鑽石，也就是說，未經切割過的鑽石。」
「你父親為什麼把它們放在那兒呢？」
「那是他的怪癖。鑽石是他從南非帶回來的，他從不曾把它們拿去加工，他喜歡把它們視作財產的一部分。就像我說的，這是他的怪癖。」
「我明白了。」強生表示。
他的語氣顯示出他根本沒弄明白。他接著說：「它們很值錢嗎？」
「家父估計價值約一萬英鎊。」
「所以，它們是很有價值的鑽石？」
「是的。」
「把這樣的鑽石放在臥室的保險箱裡，似乎很怪啊。」
莉迪亞插話道：「強生上校，我公公本來就有點怪，他的想法很與眾不同，把玩那些鑽石，確實給了他無窮的樂趣。」
「也許它們能喚醒他對往昔的記憶吧。」白羅說。
莉迪亞向他投以感激的一瞥。
「對，」她說，「我想是的。」
「鑽石有保險嗎？」強生署長問。

「好像沒有。」

強生向前欠了欠身，靜靜問道：「李邑先生，你知道那些鑽石被偷了嗎？」

「什麼？」艾菲德．李邑瞪著他。

「令尊沒對你提起鑽石失蹤的事嗎？」

「隻字未提。」

「你不知道他曾把夏登主任請到這兒來，並向他報案嗎？」

「我一點兒都不知道有這件事！」

警政署長又轉而看著莉迪亞。

「你呢，李邑夫人？」

莉迪亞搖搖頭。

「一點也沒聽說過。」

「所以就你所知，鑽石應該還在保險箱裡？」

「是的。」

她遲疑了一下問道：「公公是因為這件事被殺的嗎？為了那些鑽石？」

強生上校說：「這正是我們要查明的地方！」

他接著說：「你有什麼想法嗎，李邑夫人？譬如說，誰有可能精心策畫這樣的竊案？」

她搖搖頭。

「不，我實在不知道。我敢保證僕人都很誠實可靠，而且在任何情況下，他們都很難接近保險箱，我公公老是待在他房裡，從不到樓下來。」

「他的房間由誰照管？」

「賀伯負責整理床鋪和打掃房間。二等女僕每天早上進去清理壁爐並生火，除此之外，所有的事都是賀伯一個人做的。」

白羅說：「那麼說，是賀伯最有機會了？」

「對。」

「你認為鑽石會是他偷的嗎？」

「我想，有可能吧……他很有機會，噢，我不知道該怎麼說。」

強生上校說：「你丈夫跟我們口述過今晚的事了，也麻煩你這麼做，好嗎，李邑夫人？你最後一次見到你公公是在什麼時候？」

「我們今天下午都在他房裡……在下午茶之前。那是我最後一次見到他。」

「後來就沒再和他見面道晚安了？」

「沒有。」

白羅說：「平時你會去向他道晚安嗎？」

莉迪亞立即表示：「不會。」

警政署長接著說：「案發時你在哪？」

「客廳。」

「你聽見搏鬥的聲音了嗎？」

「我想我聽見重物倒地的聲音。我公公的房間在飯廳正上方，而不是在客廳上面，所以我不會聽得太清楚。」

「你聽見叫聲了嗎？」

莉迪亞顫抖起來。

「是的，我聽見了……太恐怖了，就像……那聲音就像出自地獄裡的幽魂，我立刻知道發生可怕的事了。我匆忙跑出來，跟著外子和哈利衝上樓。」

「當時客廳裡還有誰？」

莉迪亞皺皺眉。

「老實說，我記不起來了。大衛在隔壁的音樂室裡，彈孟德爾頌的曲子。希黛好像過去陪他了。」

「其他兩位女士呢？」

莉迪亞幽幽地表示：「瑪格琳去打電話了，我不記得她回來了沒有。我不知道珮洛兒在哪兒。」

白羅溫和地說：「實際上，你是獨自待在客廳裡？」

「對……是的，事實上，我想我是一個人。」

強生上校說：「關於那些鑽石，我想我們應該確認一下。你知道令尊保險箱的密碼嗎，李邑先生？我看它的式樣滿舊的。」

「他睡袍口袋裡有個小筆記本，密碼就寫在上面。」

「好的，我們一會兒就去看看。不過，如果我們先和其他家人談一談會比較妥當，因為女士們可能想上床休息了。」

莉迪亞站起來。

「走吧，艾菲德。」她轉向眾人。「要我叫他們來嗎？」

「你若不介意的話，請一個個叫他們來，李邑夫人。」

「沒問題。」

莉迪亞走向門口，艾菲德跟著她。

就在最後那一剎那，艾菲德突然轉過身。

「沒錯，」他迅速地向白羅走過來。「你就是赫丘勒．白羅！我怎麼這麼呆啊，我應該立刻想到的呀。」他說得又急又快，聲音低而興奮。「你能來真是天意！你一定要查出真相，白羅先生，不惜任何代價查出真相！要我付多少錢都行，只要你能查出結果來……我可憐的父親被人用殘忍至極的手段謀殺了！你一定得查出來，白羅先生，我一定要為父親報仇。」

白羅平靜地答道：「我向你保證，李邑先生，我會盡最大的努力協助強生上校和夏登主任。」

艾菲德說：「我要你為我工作，我父親的仇一定要報！」

他開始劇烈地顫抖，莉迪亞走了回來。她走向他，挽起他的手臂。

「走吧，艾菲德，」她說，「我們得去叫別人了。」

她的目光與白羅相遇，那雙眼睛含著自己的祕密，卻並不畏縮。

白羅輕聲說：「誰想得到這老頭……」

她打斷他。

「不，不要說了！」

白羅喃喃地說道：「這話是你說的，夫人。」

她輕輕吐出幾個字。

「我知道，我記得……那太恐怖了。」

然後她急忙走出房間，她先生跟了上去。

§

喬治神情肅穆，一副戒慎恐懼的樣子。

「太可怕了，」他搖頭說，「一件非常、非常駭人的事。我只能推想，一定是，呃，瘋子幹的！」

強生上校客氣地表示：「這是你的看法嗎？」

「是啊，對，一定是這樣，一個殺人狂幹的。說不定是附近某個瘋人院逃出來的。」

夏登主任加入討論。

「那麼你認為這個，嗯，殺人狂是怎麼進來的，李邑先生？而他又是怎麼離開的？」

喬治搖搖頭。

「這個嘛，」他堅定地說，「這是警方該調查的事。」

夏登說：「我們剛才立即對房子周圍進行了檢查，所有窗戶都閂上了，側門鎖著，前門也是。而且沒有人能從廚房離開而不被看見。」

喬治叫道：「這太荒謬了！接下來你是不是要說，家父根本就沒被謀殺？」

「他是被謀殺，」夏登主任說，「這點毫無疑問。」

警政署長清了清嗓子，把話接過來說：「李邑先生，案發時你在哪裡？」

「我在飯廳裡，剛吃完飯。不，我想，我是在這個房間裡，我剛打完電話。」

「你一直在打電話嗎？」

「是的，我給在威斯林罕——我的選區——的保守黨代表人打電話。有一些緊急的事。」

「你是在那之後聽到尖叫的嗎？」

喬治輕輕哆嗦了一下。

「是的，真的好毛骨悚然啊。我的骨髓好像給凍住了，那聲音後來消失在一種噎住似的聲音，或是咯咯的笑聲中。」

喬治掏出手帕擦拭著額上冒出的汗珠。

「嚇死人了！」他咕噥道。

「後來你就趕緊上樓去了？」

「是啊。」

「你看見你的兄弟了嗎？我是指艾菲德先生和哈利先生？」

「沒有，我想，他們一定是在我之前就上去了。」

「你最後一次見到令尊是在什麼時候，李邑先生？」

「今天下午，我們當時都在那兒。」

「後來就沒見過他了？」

「沒有。」

警政署長頓了一會兒，接著說：「你知道令尊在他臥室的保險箱裡放了一些很值錢、未經切割的鑽石嗎？」

喬治點點頭。

「這是最不明智的做法，」他自負地說，「我常這麼規勸他，說他也許會因此而被謀殺；我的意思是……是說……」

強生上校打斷他說：「你知道這些鑽石失蹤了嗎？」

喬治驚訝地張大嘴，下巴都快掉下來了，眼睛突得斗大。

「他真的是因為鑽石而被謀殺的？」

警政署長緩緩說道：「令尊死前幾個小時，發現鑽石失竊了，並報了警。」

喬治說：「可是，那麼……我不明白，我……」

赫丘勒．白羅溫和地說：「我們也不明白……」

§

哈利．李邑大搖大擺地走進房間。白羅皺眉盯著他看了一會兒，覺得以前似乎見過此人。他注意到哈利的五官：高挺的鷹勾鼻，桀驁地微抬著頭，倔強的下巴；而且白羅發現，哈利個頭雖然高大，他父親身材只有中等，但兩人有許多相似之處。

他還注意到一些事，哈利固然大模大樣，其實心裡很緊張。他動作雖輕快，但焦慮是顯而易見。

「啊，各位。」他說，「小弟有什麼可以奉告的嗎？」

強生上校說：「我們很歡迎你提供和今晚之事有關的任何線索。」

「我什麼都不知道，這件事太可怕了，而且根本出乎意料。」

白羅說：「你最近剛從國外回來是吧，李邑先生？」

哈利很快轉身看他。

「是的，一週前剛回英國。」

白羅說：「你離開很長一段時間嗎？」

哈利揚頭大笑。

「你反正也會聽說……很快就會有人告訴你！我是個浪子，各位！我已經快二十年沒踏進這個家門了。」

「但你現在回來了，能告訴我們原因嗎？」白羅問道。

哈利不加思索地坦白表示：「和那個老寓言所說的一樣，我吃膩或不想吃餵豬的豆莢了，我忘了是哪種說法。我覺得回家吃點牛肉也不錯。我接到家父的信，他建議我回來，我就順他的意回家了，就這麼回事。」

白羅說：「你是短期拜訪，還是打算長住？」

哈利說：「我回家來……就不打算走了！」

「你父親願意嗎？」

「老頭子高興得很。」他又笑了，眼角的皺紋萬分迷人。「老頭子和艾菲德住在一起實在太沒意思了！艾菲德像個木頭一樣……很道貌岸然，但絕不是一個好同伴。家父年輕時也是個浪子，他希望我和他作伴。」

「而你哥哥和嫂子呢？他們高興你住在這兒嗎？」白羅揚眉問道。

「艾菲德嗎？艾菲德氣得臉都綠了。倒不知道莉迪亞怎麼想，她可能會為老公抱不平吧，但我想最後她還是會很高興。我喜歡莉迪亞，她是個令人愉快的女人，我會和她處得很好，不過艾菲德又是另一回事了。」他又笑了起來。「艾菲德一向嫉妒我，他一直是個足不出戶、盡忠職守的好兒子，然而他最後能得到什麼？家裡的好寶寶到頭來屁股上還是會挨上一腳。聽我的沒錯，各位，美德是得不到好報的。」他看看眾人。

「希望你們沒被我的坦率嚇著，但不管怎麼說，這不就是你們要問的嗎？你們會把我們家的醜事都掀出來，我還是把自己的事先招了吧！我並不特別為家父的死感到難過，畢竟我很久沒見到老頭子了……但儘管如此，他終究是我父親，而且又是被人謀殺的，我會全力以赴地去復仇。」哈利撫著下巴，看著眾人。「我家的人很熱中於復仇，沒有一個李邑家的人會輕易忘記，我要確保謀殺家父的人被抓起來吊死。」

「這件事，你可以相信我們會盡力而為，李邑先生。」夏登說。

「你們若做不到，我會親手將凶手繩之以法。」哈利表示。

強生署長立即接道：「你對於凶手是誰有概念嗎，李邑先生？」

哈利搖搖頭。

「不，」他緩緩說道，「不……我想不出來。這件事太令人震驚了。我一直在思考……而我認為，這不可能是外人幹的……」

「啊。」夏登點頭說。

「如果是這樣，」哈利說，「那麼就是房子裡的某個人下的手……可是，會是哪個該死的人幹的呢？不會是僕人吧。泰西里從一九〇一年起就在這兒了。那個白癡男僕嗎？絕無可能。賀伯，啊，他是個無恥的傢伙，但泰西里告訴我說，當時賀伯出去了。那麼可能是誰呢？不算史帝芬．法爾的話（他何必大老遠從南非跑來殺害一個素未謀面的陌生人？），那就只剩李邑家的人了。若是如此，我這輩子大概也想不出來了。艾菲德？他很崇拜父親。喬治？他根本就沒腦子。大衛？大衛一直是個活在夢幻裡的人，連看見自己的手指流血都會暈倒。我那些嫂子弟媳？女人不會那麼冷血地割斷一個人的喉嚨。究竟會是誰幹的？我若知道就好了，實在太令人困擾了！」

強生上校清清喉嚨（這是他的職業病）說道：「你今晚最後一次見到令尊是什麼時候？」

「下午茶之後。他為了小弟在下我，剛剛和艾菲德吵了一架。老頭子就是不愛安靜，老愛搞得全家雞犬不寧。我覺得他隱瞞我回來的事，也是為了這個原因，他想看我意外抵達時引起的騷動！他會談修改遺囑的事，也是出於同樣原因。」

白羅輕輕震動了一下，低聲說：「原來令尊提到他的遺囑了？」

「是的，當著所有人面，就像貓一樣，盯著我們的反應。他只吩咐律師，要他聖誕節後過來談這件事。」

白羅問道：「令尊打算做何更動？」

哈利咧嘴笑了。

「他可沒有告訴我們！他是不會說的！我想……或者該說我希望，這個更動是對在下有利！我想，老頭子的遺囑裡原本並不包括我，現在他大概又把我放進去了。這對其他人來說是個打擊哩。還有珮洛兒，老頭子很喜歡她，我想她也會得到一些好處。你們還沒見過她吧？我的西班牙外甥女，很漂亮喔，有著南歐人的溫柔……以及冷酷無情的一面。真希望我不是她親舅舅！」

「你說令尊喜歡她？」

哈利點點頭。

「她很懂得哄老頭子，會陪他一起坐，珮洛兒一定很清楚自己想要什麼。唉，老頭子這下死了，遺囑也無法為珮洛兒改變了……當然我也沒份了，真倒楣。」

他皺皺眉，停了一會兒，語氣一轉。

「我扯得有點遠了。你們想知道我最後一次見到老頭子是什麼時候？正如我說過的，是在下午茶之後……可能六點剛過吧。老頭子那時精神還不錯，也許有點累吧。我離開他，留下他和賀伯，之後就再也沒見過他了。」

「他死時你在哪兒？」

「和艾菲德一起在飯廳裡。餐後我們兩人不是很愉快，聽見樓上的騷動時，我們正在大吵。那騷動聽起來像十個男人在上頭打鬥，接著可憐的老頭子就尖叫起來了，像殺豬一樣。艾菲德聽得腿都軟了，只是一逕地張大嘴坐著。等我把他搖醒，兩人才開始衝上樓。門是鎖著的，我們費了好些勁才撞開。我實在想不出來那該死的門怎麼會鎖住！房裡除了家父外，沒別的人。若有人能從窗戶跑得掉，那真是活見鬼了！」

夏登主任說：「門是從外面鎖上的。」

「什麼？」哈利瞪大眼睛。「可是，我發誓鑰匙是插在裡面的。」

白羅小聲說：「原來你也注意到了？」

哈利嚴肅地說：「我很細心，這是我的習慣。」

哈利銳利的目光從他們三人身上一一掃過。

「還有什麼你們想知道的，各位？」

強生搖搖頭。

「謝謝你，李邑先生，現在沒有了。麻煩你請下一位家庭成員過來！」

「好的。」

哈利朝門口走去，頭也不回地走掉了。

三個人你看我，我看你。

強生上校說：「怎麼樣，夏登？」

主任懷疑地搖搖頭說：「他在害怕某些東西。我想知道原因……」

§

瑪格琳適時地在門口站了一會兒，修長的手擺在光滑的淡金頭髮上，嫩綠的上衣緊緊裹住她優雅細緻的身段。她看來非常年輕，且略受驚嚇。

三個男人都停下來看了她一會兒。強生的眼睛不由自主的一亮，夏登則毫無反應，巴不得能立即完成接下來的工作。赫丘勒．白羅則透著欣賞的眼神——在她看來——但那欣賞並非針對她的美貌，而是出於她懂得善用自己的容貌。瑪格琳並不知道白羅心中正在暗想：「這小妞真是漂亮，但她有一雙冷酷的眼睛。」

強生上校心想：「這麼漂亮的女人，喬治．李邑若不看緊點，一定會有麻煩。她確實會令男人眼睛發直。」

夏登主任則想：「還不是花瓶一個，希望我們可以很快把事辦完。」

「請坐，李邑夫人。讓我看看，你是……」

「喬治．李邑夫人。」

她親切而感激地微笑坐了下來，她的眼神似乎在說：「雖然你是男人，又是個警察，但好像也沒那麼可怕。」

那朵笑容把白羅也瞄進去了，女人對外國人總是非常敏感。至於夏登主任嘛，瑪格琳則未多費心。

她憂心忡忡地絞著手，模樣依舊動人。她小聲說道：「這太可怕了，把我給嚇壞了。」

「別這樣，李邑夫人。」強生上校態度和藹，但語氣堅定。「我知道，這對你而言是個打擊，但現在一切都已經結束了，我們只是想請你把今晚發生的事講一下。」

瑪格琳叫了起來。

「可是我什麼都不知道呀，真的。」

強生瞇著眼，溫和地說：「是啊，當然。」

「我們昨天才到的，喬治非要我來過聖誕不可，我真希望我們沒來，我以後一定再也沒辦法像以前一樣了！」

「這的確讓人非常難過，是的。」

「我對喬治的家人幾乎一無所知，你明白吧？我只見過李邑先生一兩次……一次是在我們的婚禮，後來還有一次。當然，我見到艾菲德和莉迪亞的次數比較多，但他們對我來說還是相當陌生。」

她又睜大眼睛，像受驚的孩子。赫丘勒．白羅再度露出欣賞的神色，思忖道：「這小東西可真會裝腔作勢。」

「是啊，是啊。」強生上校說，「現在請告訴我，你最後一次見到你公公——李邑先生——還活著時的情形。」

「噢，那個啊！那是今天下午的事，簡直糟透了！」

強生馬上說：「糟透了，為什麼？」

「他們好氣啊！」

「誰好氣？」

「噢，他們全都是……我不是說喬治。他父親並沒對他說什麼，而是對其他人說的。」

「到底發生了什麼事？」

「啊，我們到的時候──他叫我們大家都過去──他正在電話上和律師談遺囑的事，然後他說艾菲德看起來很沒精神。我想那是因為哈利要回家住，艾菲德為此非常沮喪。你知道嗎，哈利闖過一些禍。接著公公說了些關於婆婆的事──我婆婆過世很久了──他說她沒腦袋，大衛就跳起來，一副要殺他父親的樣子。噢！」她突然停下來，眼神十分慌亂。「我不是那個意思……我完全不是那個意思！」

強生上校安慰她說：「我知道，這只是比喻而已。」

「希黛，她是大衛的妻子，要他平靜下來。還有……呃，我想就是這些了。我公公說他晚上不想再見任何人，所以我們就都走了。」

「這就是你最後一次見到他的情形？」

「對，直到……直到……」

她哆嗦起來。

強生上校說：「好吧，就這樣。那麼案發時你在哪兒呢？」

「噢，我想想看……好像是在客廳裡。」

「你確定嗎？」

瑪格琳的眼神閃爍了一下，她垂下眼睛，說道：「想起來了，我真是笨。我去打電話，我記錯了。」

「你說你在打電話？在這個房間嗎？」

「對，除了樓上公公房間裡有一台電話外，這是唯一的另外一台。」

夏登主任說：「當時有人陪你在房裡嗎？」

她瞪大眼睛。

「噢，沒有，我是一個人。」

「你在這兒待很久嗎？」

「嗯……有一會兒。晚上接通電話得花一點時間。」

「那麼，你是打長途電話囉？」

「對，到威斯林罕。」

「我明白了。後來呢？」

「後來就聽到一聲可怕的尖叫，接著每個人都跑來跑去，門又鎖上了，得把門撞開。噢，真像一場噩夢！我這輩子都無法忘記！」

「不會的，不會的。」強生上校和藹的語氣略顯生硬，接著他說：「你知道你公公在他保險箱裡放了一些值錢的鑽石嗎？」

「不知道。他有嗎？」瑪格琳顯然十分激動。「是真的鑽石嗎？」

赫丘勒．白羅說：「價值一萬英鎊的鑽石。」

「噢！」

那是一聲輕柔的驚喘，女人壓抑貪婪的反應。

「好吧，」強生上校說，「我想目前就這樣了，我們不需要再麻煩你了，李邑夫人。」

「噢，謝謝你。」

瑪格琳站起身，朝強生和白羅微笑，那是一個滿懷感激的小女孩笑容。接著她揚著頭，走了出去。

強生上校喊道：「能請你先生的弟弟大衛．李邑先生過來嗎？」

關上門後，強生回到桌邊。

他說：「各位覺得如何？我們開始有點眉目了！請注意一點：喬治聽見尖叫時，正在打電話！他老婆聽見尖叫時，也在打電話！這樣對不上，完全對不上！」他又加上一句：「你覺得呢，夏登？」

主任慢慢答道：「我無意說這位夫人的不是，但我覺得，她或許很擅長挖男人的錢，但我並不認為她會去割人家的喉嚨，看來不像她的作風。」

「唉，可是這種事誰說得準呢，朋友。」白羅小聲說。

強生轉身看著他。

「你呢，白羅，你怎麼想？」

白羅向前欠了欠身，撫著面前的記事簿，彈掉燭台上一小片灰塵，答道：「我覺得，死者的性格特徵已經浮現在我們面前了，我想，整個案子的關鍵……就在於死者的性格上。」

夏登主任大惑不解地看著白羅。

「我不明白你的意思，白羅先生。」他說，「死者的性格和他被謀殺究竟有何關係？」

白羅作夢般地說：「被害人的性格和他的遇害總是有關的。黛絲狄蒙娜[4]的毫無戒心正是她死亡的主因。一個多疑的女人必能看出伊阿古[5]的詭計而及早阻止；馬拉[6]的邪惡導致他最終死在浴缸裡；而莫枯修[7]的暴躁，則讓他喪命於劍下。」

強生上校捻著鬍子。

4 黛絲狄蒙娜（Desdemona）是莎士比亞四大悲劇之一《奧塞羅》（*Othello*）中的人物。
5 伊阿古（Iago）是《奧塞羅》中的反派角色。
6 馬拉（Jean-Paul Marat, 1743-1793），法國政治家和科學家，也是大革命時期的起義人物。
7 莫枯修（Mercutio）是莎士比亞四大悲劇之一《羅密歐與茱麗葉》（*Romeo and Juliet*）中的人物。

「你到底想說什麼，白羅？」

「我想告訴你們，西蒙．李邑是個特別的人物，他會創造氣氛，而導致他死亡的東西，正是他製造的氛圍。」

「那麼，你不認為鑽石的事和他的死有關了？」

白羅對著不掩困惑的強生笑了笑。

「老兄啊，」他說，「就是因為西蒙．李邑與眾不同，才會把價值一萬英鎊的鑽石放在保險箱裡！不是每個人都會這麼做。」

「說得也是，白羅先生。」夏登主任恍然大悟地點頭說道，「李邑先生是個怪胎，他把鑽石放在身邊，以便隨時拿出來把玩，回憶舊日時光；他離不開它們，所以才從不切割那些石頭。」

「沒錯，一點也沒錯，我看得出來你非常聰明，主任。」

白羅用力地點點頭。

夏登對這個誇獎似乎有些懷疑，不過強生上校插嘴道：「還有一些別的事，白羅，我不知道你是否覺察到了……」

「唉呀，」白羅說，「我知道你指什麼。喬治．李邑夫人不經意說溜了嘴，說出最後一次家庭會議的一些情況。她天真的指出，艾菲德在生他父親的氣……而大衛看上去『一副要殺他父親的樣子』。我認為她說的這兩件事都是真的，但我們可以從中得出自己的結論。老人為何要召集家人？為什麼他們到達時他剛好在給律師打電話？那自然不是失誤，老人是想讓大家聽見！可憐的老頭，整天困頓在椅子裡，失去年少時的娛樂，所以只得為自己發明新的消遣。他以玩弄人性的貪婪為樂，以挑動別人的情緒與激憤自滿。從這點我們又可以得出一個推論，在這場遊戲中——耍弄子女的貪念與衝動——他是不會遺漏任何人的。他一定、也必然會挖苦其他人，一如他挖苦喬治一樣！喬治的妻子瑪格琳小心地對此隻字不提，而老人很可能也惡毒地刺傷過她。至於老人對瑪格琳說了什麼，我想，我們可以從其他人嘴裡探出來……」

白羅停住不說了。此時，門開了，大衛．李邑走了進來。

§

大衛相當自制，行止極為平靜，平靜得幾乎有些不自然。他朝眾人走過來，拉過椅子坐下，一邊面色凝重地打量著強生上校。

燈光打在他額前一綹頭髮上，勾勒出他那敏感的顴骨輪廓。大衛看上去非常年輕，絲毫不像是樓上那位乾瘦橫死的老人之子。

「各位，」他說，「我有什麼可以相告的嗎？」

強生上校表示：「李邑先生，據我所知，今天下午，令尊的房裡有一場類似家庭會議的聚會？」

「是啊，但那是很隨性的，我的意思是，那並不是一次正式的家庭會議。」

「究竟發生了什麼事？」

大衛平靜地答道：「家父心情很不好，他年邁又殘廢，我們當然應該體恤他，可是他把我們叫過去，好像就是為了……嗯，故意刁難我們，以發洩他的不快。」

「你能記起他說過什麼嗎？」

大衛靜靜表示：「都是些蠢話，他說我們沒用，每個人都是，家裡沒一個像樣的男人！他說珮洛兒……她是我的西班牙外甥女，一個人可以頂我們兩個。他說……」他停住了。

白羅說道：「李邑先生，如果可以的話，麻煩你轉述他原本的話。」

大衛尷尬地說：「他說的話很粗俗，說他希望自己在世上某處還有個更像樣的兒子，即使是私生子也行……」

他臉上露出對這番話語的深惡痛絕。夏登主任抬眼看看，突然心中一凜，他欠身向前說道：「令尊可曾特別對喬治說了什麼？」

「對喬治？我不記得了。噢，對了，爸爸好像告訴他，以後要裁減他的花費，他得減少開銷。喬治氣極了，臉紅得像火雞一樣。他急著說，錢再少他就沒辦法過日子了，爸則冷冷的說，不行也得行，還叫他最好讓他老婆管錢。這番挖苦實在太毒……喬治一直是最會精打細算的人，每分錢都會斤斤計較。我覺得瑪格琳反而比較會花錢……她很奢侈。」

白羅說：「這麼說，她也被惹惱了？」

「是的。除此之外，爸還說了一些很粗魯的話……說她曾和一個退役的海軍軍官同居，他當然是指瑪格琳的父親啦，但那話聽起來很曖昧。瑪格琳臉都脹紅了，這也難怪。」

白羅說：「你父親提到他已故的妻子……你母親了嗎？」

熱血湧上了大衛的太陽穴，他緊抓著面前的桌子，微微發顫。

大衛結結巴巴地說：「是的……他提到了……他侮辱我母親。」

強生上校問：「他到底說了什麼？」

大衛不耐地說：「我記不得了，只提到了一些微不足道的事。」

白羅輕聲說：「令堂去世很多年了嗎？」

大衛簡短地說：「她死的時候我還小。」

「她在這兒的生活……也許，不是很幸福吧？」

大衛輕蔑地笑了一下。

「和我父親那種男人在一起生活，誰能幸福？我母親是個聖人，她死時心都碎了。」

白羅接著說：「你父親為了她的死感到很難過嗎？」

大衛匆忙道：「我不知道，我離開家了。」他頓了一下，然後表示：「各位有所不知，這次回來看家父之前，我已經快二十年沒見過他了，所以你們要明白，關於他的生活習慣、他的冤家或是這兒的情形，我實在無法提供太多消息。」

強生上校問道：「你知道令尊在他臥室保險箱裡放了許多值錢的鑽石嗎？」

大衛興趣缺缺地說：「是嗎？這件事聽起來挺愚蠢的。」

強生說：「你能簡要地交代一下你晚上的行蹤嗎？」

「我嗎？噢，吃完晚餐沒多久我就離開餐桌了，我覺得一群人圍在桌邊喝葡萄酒很無聊，而且我看得出艾菲德和哈利快吵起來了，我討厭看別人吵架，於是就溜出去，跑到音樂室去彈琴了。」

白羅問道：「音樂室是在客廳的隔壁嗎？」

「對，我彈了有一陣子，直到……直到命案發生。」

「你當時聽見了什麼？」

「噢！遠遠從樓上某處傳來家具翻倒的聲音，接著就是一聲可怕的尖叫。」他再度絞緊手說，「就像來自地獄裡的幽魂。天啊，太可怕了！」

強生說：「你是一個人在音樂室裡嗎？」

「呃？不，內人希黛也在，她是從客廳過去的，我們……我們是和其他人一起上樓的。」他緊張地很快補充道：「你們不會要我描述……描述我在那兒看見的場面吧？」

強生上校說：「不，沒這個必要。謝謝你，李邑先生，沒別的事了。我想，你大概猜不出誰有可能謀殺令尊吧？」

大衛不假思索地說：「我倒認為很多人都想殺他！但我不能確定是誰。」

他匆匆走了出去，重重關上身後的門。

§

強生上校清清嗓子，還來不及做別的事時，門就開了。希黛走了進來。

赫丘勒．白羅感興趣地看著這名女子，他得承認李邑家娶的妻子都很值得研究。莉迪亞聰穎優雅，瑪格琳俗氣造作；這會兒希黛則透出堅毅而令人靜定的力量。白羅看得出來，希黛實際上比她的外貌年輕，她的外表老氣，是因髮式和服裝過時所致；她褐黃色的頭髮尚未灰白，圓潤的臉上有對堅定的淡褐眼睛，閃著和善的目光。白羅心想，希黛是位好女人。

強生上校以最和藹的口吻說：「各位的壓力都很大，我從你丈夫那兒得知，李邑夫人，這是你第一次到戈斯洞莊來？」

她點頭表示同意。

「在此之前，你們和你公公可有聯繫？」

希黛以悅耳的嗓音答道：「沒有，大衛離家不久後我們就結婚了，他一直不想和這個家有任何牽連。在此之前，他的家人我一個都沒見過。」

「那你們這次怎麼會來拜訪呢？」

「我公公寫信給大衛，強調自己年紀大了，希望今年聖誕節所有的孩子都能夠陪在他的身邊。」

「所以你先生就答應這個請求了？」

希黛表示：「他會接受這個請求，只怕都是我促成的……我誤判了情勢。」

白羅插話道：「你可以解釋得更清楚些嗎，夫人？我覺得你能告知我們的事，可能很具價值。」

希黛馬上轉向白羅說：「那時我從未見過我公公，不知道他的實際動機是什麼，我猜他又老又孤獨，所以真的想和所有的孩子言歸於好。」

「而在你看來，他的真正動機是什麼，夫人？」

希黛遲疑了一會兒，接著慢慢答道：「我相信，我確信……我公公不是想和孩子言歸於好，而是想挑起爭鬥。」

「用什麼方式？」

希黛低聲說：「他以暴露人們的劣根性為樂。我該怎麼說呢？他喜歡惡作劇，已經到了病態的地步，他希望家庭成員間存有嫌隙。」

強生立即問道：「他成功了嗎？」

「噢，是的，」希黛說，「他成功達到目的了。」

白羅表示：「夫人，我們已經知道今天下午發生的事了。我想，那可以說是相當激烈的一幕。」

希黛點點頭。

「你能為我們描述一下嗎？盡可能的真實……如果你願意的話。」

希黛考慮了一會兒。

「我們進去的時候，我公公正在打電話。」

「就我所知，是打給他的律師吧？」

「對。我公公建議——好像是查爾頓先生，我不太記得他的名字了——來一趟，因為他想立一份新的遺囑，他說他的舊遺囑已經過時了。」

白羅說：「仔細想想，夫人。你覺得你公公是故意讓你們都聽到這通電話，還是你們只是碰巧聽到而已？」

希黛表示：「我幾乎可以肯定他是蓄意讓我們聽見。」

「目的就是要在你們之間挑起嫌隙和猜忌？」

「是的。」

「那麼，實際上，他可能根本不打算更改他的遺囑囉？」

希黛對此表示異議。

「不，我認為那部分倒是屬實，也許他想立一份新的遺囑，只是他刻意去強調這件事。」

「夫人，」白羅說，「你知道，我的身分是非官方的，所以我的問題可能不是那些英國執法官員會問的。我很想知道，是什麼原因讓你認為他想立新遺囑？我希望你憑直覺來回答，而不是就你所知。我要的只是你的看法。感謝上帝，女人總是能很快得出自己的看法。」

希黛淡然一笑。

「我不在乎說出自己的想法，外子的姐姐珍妮芙嫁給一名西班牙人胡安．艾托瓦多。她的女兒珮洛兒剛剛到這兒來，她是位非常美麗的女孩，而且她當然也是李邑家唯一的第三代。我公公很高興有她在一起，對她喜愛到了極點。我認為，公公想在新遺囑裡為珮洛兒留下一筆可觀的錢。舊遺囑裡，他可能只給了她一小筆數目，甚至可能一點兒都沒有。」

「你認識你大姑嗎？」

「不，我從沒見過她。她先生好像是婚後不久便慘死，珍妮芙自己一年前也去世了，留下珮洛兒孤伶伶一個人。正因為如此，我公公才把她接到英國和他同住。」

「家裡其他成員歡迎珮洛兒嗎？」

希黛平靜地說：「我想他們都喜歡她，家裡有個朝氣蓬勃的年輕人是令人愉快的事。」

「珮洛兒呢？她喜歡住這兒嗎？」

希黛幽幽地表示：「我不知道，對於一個在南歐——我是指西班牙——長大的女孩來說，英國一定是個又冷又古怪的地方。」

強生表示：「這段時期在西班牙生活也不是件愉快的事。嗯，李邑夫人，我們想聽你談談今天下午的那場談話。」

白羅咕噥道：「很抱歉，我離題了。」

希黛說：「我公公打完電話後，轉頭對著我們笑，他說我們看起來全都無精打采的。接著他說累了，想早點休息，叫大家晚上都別上樓看他，說是想為聖誕節培養點精神。大概就是這一類的話了。

「然後……」她皺著眉努力回想　「他好像說了什麼歡度聖誕要大家庭才辦得到。接著他就談到錢了，他說這個家以後會有更多開支。他叫喬治和瑪格琳得節省，說她應該自己做衣服。這觀念也太落伍了，瑪格琳很不高興。我公公說我婆婆的針線活做得很好。」

白羅溫和地說：「他就說了這些嗎？」

希黛紅著臉。

「他稍微提到我婆婆的頭腦，外子很愛他母親，他聽了非常難過。就在這時，我公公突然對著大家吼起來，他非常激動。當然了，我能體會他的想法……」

白羅打斷她的話，溫和地說：「他是怎麼想的？」

希黛平靜地看著白羅。

「他當然很失望，」她說，「因為家裡沒有孫子，沒有男孩，我是說……沒有李邑家的繼承人。我看得出他肯定懊惱了很長一段時間，突然間再也忍耐不住，因此就把怒氣發洩到兒子們身上，說他們是一群娘娘腔的老女人，總之是這類的話。當時我很替我公公難過，因為我能體會他的自尊有多麼受傷。」

「後來呢？」

「後來，」希黛緩緩說，「我們就都走了。」

「那是你最後一次見到他？」

她點點頭。

「案發時你人在哪兒？」

「我和外子一起在音樂室裡，他正在彈琴給我聽。」

「後來呢？」

「我們聽見樓上桌椅倒地的聲音，還有瓷器的碎裂聲……好像是一場可怕的搏鬥。接著就是他喉嚨被割開時所發出的恐怖尖叫……」

白羅說：「是非常駭人的尖叫嗎？是像……」他頓了一下。「發自地獄裡的幽魂嗎？」

希黛答道：「比那更糟！」

「你這話什麼意思，夫人？」

「那像是發自沒有靈魂的軀殼……那叫聲是非人的，像野獸一樣……」

白羅嚴肅地說：「那麼，這就是你對他的評價了，夫人？」

希黛突然一陣悲痛，她舉起手，垂著眼，凝望地板。

§

珮洛兒像隻眼前滿布陷阱的動物般，如履薄冰地走進房裡。她的眼睛迅速地轉來轉去，看上去懷疑更甚於恐懼。

強生上校站起來幫她拿了把椅子，然後說道：「你應該懂英語吧，艾托瓦多小姐？」

珮洛兒睜大眼睛表示：「當然了，我母親是英國人，我實際上是很英國化的。」

強生上校的目光落在她烏黑亮麗的頭髮、倨傲的黑眼睛，以及微翹的紅唇上，不禁露出一絲笑意。很英國化！這種形容用在珮洛兒．艾托瓦多身上，真是太不合適了。

他說：「李邑先生是你的外祖父，他把你從西班牙接來。你幾天之前剛到這兒，對吧？」

珮洛兒點點頭。

「對。逃出西班牙時，我一路……噢！一路上都在冒險。有一次天上掉下一顆炸彈，司機被炸死了，腦袋炸到全是血，我又不會開車，只好走一段長路。我好討厭走路，我從不走路的，腳都快瘦死了……」

強生上校笑道：「不管怎麼說，你還是到這兒了。令堂常對你提起外公的事嗎？」

珮洛兒開心地點點頭。

「噢，是的，她說他是個老魔頭。」

赫丘勒．白羅也笑了，他說：「你到這兒之後，對他有什麼看法，小姐？」

珮洛兒說：「他很老了，只能坐在椅子裡，而且他的臉全癟掉了，但我還是一樣喜歡他。我想他年輕的時候，一定很英俊、很帥，像你一樣。」

珮洛兒對夏登主任說，她天真爛漫的目光停留在他英俊的臉龐上，夏登的臉因這番讚美而脹得通紅。

強生上校憋住笑，他很少看到這位不苟言笑的主任如此不知所措。

「當然啦，」珮洛兒接著惋惜地說，「他不可能像你有那麼魁梧的身材。」

赫丘勒．白羅嘆口氣。

「原來你喜歡高個子的男人，小姐？」他問道。

珮洛兒大聲承認。

「噢，是啊，我喜歡高大魁梧、寬肩，而且非常非常強壯的男人。」

強生上校表示：「你到這兒以後，常和你外公在一起嗎？」

珮洛兒說：「噢，是的。我常陪他一起坐。他告訴我一些事，說他曾是個很壞的男人，還有他在南非做過的事。」

「他對你提過他房間的保險箱裡有鑽石嗎？」

「有啊，他還拿給我看哩，但它們不像鑽石，看起來像鵝卵石，醜醜的，真的很醜。」

夏登主任簡短地說：「他拿給你看過囉？」

「是啊。」

「他有給你幾顆嗎？」

珮洛兒搖搖頭。

「沒有。我想也許有一天他會……如果我對他好，而且經常陪他坐，因為老先生都喜歡年輕女孩。」

強生上校表示：「你知道那些鑽石被偷了嗎？」

珮洛兒瞪大雙眼。

「被偷了？」

「對，你知道可能會是誰拿的嗎？」

珮洛兒點點頭。

「噢，是的。」她說，「一定是賀伯。」

「賀伯？你是說那個貼身隨從？」

「對。」

「為什麼你這麼想呢？」

「因為他長得賊頭賊腦的，眼睛亂轉，走路躡手躡腳，而且還會在門口偷聽。賀伯就像貓一樣，所有的貓都是小偷。」

「哦，」強生上校說，「我們先把這件事放在一邊。我知道今天下午全家人都在你外公房裡，而且發生了一些……呃，爭執。」

珮洛兒點頭笑道：「對啊，非常好玩。外祖父把他們氣得半死！」

「噢，你倒很樂啊？」

「是啊，我喜歡看別人生氣，非常喜歡。可是英國人不像西班牙人那麼容易生氣，西班牙人會掏出刀子，又叫又罵。英國人就不會怎麼樣，只是臉脹得紅紅的，嘴巴卻又閉得緊緊的。」

「你記得他們說了些什麼嗎？」

珮洛兒看起來很猶豫。

「我不太確定，外公說他們都不怎麼樣……他們都沒孩子。他說我比他們每個人都強，他喜歡我，非常喜歡。」

「他有提到錢或遺囑的事嗎？」

「遺囑……不，好像沒有，我不記得了。」

「接著發生了什麼事？」

「他們都走了……除了希黛，那個胖胖的女人，大衛的太太，她留在後面。」

「噢，是嗎？」

「對。大衛看起來很可笑，他渾身都在發抖，而且臉色蒼白得要命，看起來好像快要生病了。」

「後來呢？」

「後來我去找史帝芬，我們聽著留聲機跳舞。」

「史帝芬．法爾？」

「對，他從南非來的，是外公合夥人的兒子。他也很帥，棕色皮膚，大個子，眼睛很好看。」

強生問道：「案發時你在哪兒？」

「你問我人在哪兒？」

「對。」

「我和莉迪亞一起去了客廳，然後我就回自己房間化妝了，因為我要和史帝芬去跳舞。就在這時，我聽見遠處傳來一聲尖叫，每個人都在奔跑，所以我也跟著跑出去了。他們試圖撞開外公房間的門，哈利和史帝芬一起合力撞門，他們兩個都很壯。」

「是嗎？」

「後來砰的一聲，門開了，大家往裡頭一看，噢，好恐怖……所有的東西都被弄倒了，而外公躺在血泊裡，喉嚨被人割開了，就像這樣，」珮洛兒誇張地在自己脖子上比了一個手勢。「一直割到耳根下。」

她停了一會兒，顯然很滿意自己的描述。

強生說：「看到血，你不覺得噁心嗎？」

她瞪著他。

「不會啊，為什麼？人被殺的時候總是會流血的。噢！那兒到處都是血！」

白羅說：「有沒有人說什麼？」

珮洛兒說：「大衛說了句很好笑的話……是什麼來著？噢，對，上帝的磨坊，他就是這麼說的，」珮洛兒又一字一字地重複一遍。「上帝的磨坊……那是什麼意思啊？磨坊是用來磨麵粉的，不是嗎？」

強生上校說：「啊，我想現在沒別的事了，艾托瓦多小姐。」

珮洛兒順從地站起來，朝每個人投以飛快而迷人的一笑。

「那麼，我走了。」珮洛兒離房而去。

強生上校表示：「上帝的磨坊慢工細磨，卻磨得格外仔細[8]。大衛・李邑說的就是這個。」

§

門又開了，強生上校抬眼一望，一時間以為進來的是哈利，但當史帝芬・法爾走進房裡

8 原文為「The mills of God grind slowly, but they grind exceeding small」，此為英國諺語，意思是「天網恢恢，疏而不漏」。

時，才發現自己看錯了。

「請坐，法爾先生。」他說。

史帝芬依言坐下，他用冷靜機智的目光，一一掃過三人。史帝芬說道：「只怕我幫不上什麼忙。不過，只要覺得有用，請儘管發問。我想我還是先解釋一下我是誰吧。家父艾本．法爾是死者以前南非的合夥人，這是四十年前的事了。」

他頓了一下。

「家父跟我提過許多西蒙．李邑的事，以及他的為人。他和父親一起發跡，西蒙帶了一筆錢回鄉，而我父親也做得不錯。父親總對我說，我到英國時，務必來拜訪李邑先生。有一次我說，他們合作是很久以前的事了，老先生可能根本不知道我是誰，但父親卻罵我說：『當兩個男人像我和西蒙一樣，一起經歷過那麼多的事情後，他們是不會忘記彼此的。』家父幾年前去世了，今年我第一次到英國來，我想，我最好還是聽從父親的建議，過來拜訪李邑先生。」

他微笑一下繼續說道：「我來的時候有點緊張，但其實沒必要。李邑先生熱情地接待我，並堅持要我留下來和他的家人一起過節。我怕打擾他們，可是他不准我推辭。」

史帝芬很不好意思地又補充說：「他們對我都非常好。艾菲德先生和夫人對我好得不能再好了。遇到這樣的事，我很為他們難過。」

「你到這兒多久時間了，法爾先生？」

「從昨天起到現在。」

「你今天見過李邑先生嗎？」

「是的，我今天早上和他聊過天。他那時精神很好，很想聽聽外面的風土人情。」

「那是你最後一次見到他嗎？」

「是的。」

「他跟你提過他在保險箱裡放了很多未經切割的鑽石嗎？」

「沒有。」

在對方發話前，史帝芬又插了一句：「你是說本案與盜竊有關？」

「我們還不確定，」強生表示，「關於今晚，你能以自己的話告訴我們，你當時在做些什麼嗎？」

「當然可以。女士們離開飯廳後，我留下來喝了一杯葡萄酒。後來我意識到李邑家的人有家務要討論，我在場會妨礙他們，所以就找個藉口離開了。」

「接著你做什麼去了？」

史帝芬．法爾靠在椅背上，用食指撫著下巴。他的聲音很低。

「我……呃，到一間鋪著木地板的大房間，那裡有點類似舞廳，裡面有架留聲機，還有舞曲唱片，我放了一些唱片。」

白羅說：「會不會是有人要到房裡和你會合啊？」

史帝芬·法爾的唇邊露出一絲淡淡的笑容。他答道：「有可能喔，是的。人總是會去期待這種事。」

他直率地咧嘴笑了。

白羅表示說：「艾托瓦多小姐真的很漂亮。」

史帝芬答道：「她是我在英格蘭見過最美的女子。」

「艾托瓦多小姐過去和你跳舞了嗎？」

史帝芬搖搖頭。

「當我聽到騷鬧聲之前，我都在那兒。我跑到門廳飛奔上樓，想去看看出了什麼事。我幫哈利把門撞開。」

「你能說的就這些了？」

「恐怕只有這些了。」

赫丘勒·白羅向前探探身，輕聲說：「我想，法爾先生，如果你願意的話，應該還可以告訴我們很多東西。」

史帝分很快說道：「你這話是什麼意思？」

「你可以告訴我們一些本案的重要訊息，像老先生的性格特徵。你說令尊常跟你提起李邑老先生，令尊是如何形容他的？」

史帝芬緩緩說道：「我想我明白你指的是什麼了。西蒙．李邑年輕的時候是什麼樣子，是吧？嗯，你希望我坦白講？」

「如果你願意的話。」

「好吧，首先，我想西蒙．李邑不是什麼安分守己的人，我不是說他是流氓，但他常遊走在法律邊緣。他沒什麼道德感可言，但魅力十足，還出奇地慷慨。有事找他，他一定會慷慨解囊，沒有人曾空手而回。他會喝點酒，但不過量，對女人極具吸引力，且富幽默感。還有，他具有一種古怪的復仇本性。人家不是說大象很能記仇嗎，西蒙．李邑也是這樣。李邑老先生為了報復坑過他的人，可以隱忍等待多年，這種例子家父告訴我的就有好幾樁。」

夏登主任說：「這種事，常常兩方都有不對之處。法爾先生，你大概不知道李邑老先生報復過誰吧？過去可有什麼往事，可以解釋今晚這裡發生的案子？」

史帝芬．法爾搖搖頭。

「他有仇人，這是一定的，像他那樣的男人一定會與人結仇。但我並不知道特定的事件，更何況，」史帝芬瞇著眼。「就我所知……事實上，我問過泰西里，今晚房子裡或周圍並沒有陌生人進入。」

赫丘勒・白羅說：「你除外，法爾先生。」

史帝芬・法爾立刻轉向他。

「噢，是嗎？你是說他引狼入室？嗯，你們查不到什麼的，西蒙・李邑沒有搞垮艾本・法爾，而法爾的兒子也不是為了報仇而來！不，」他搖搖頭。「西蒙和家父並未結怨。我到此處，原因就像我說過的，純粹是出於好奇。此外，我想留聲機是很好的不在場證明，我不停地在放唱片，一定會有人聽到，播放一張唱片的時間絕不夠我衝上樓去，因為那走廊實在太長了。割斷老先生的喉嚨、洗去血跡，然後趁其他人尚未衝上樓之前，再奔回這裡……這種想法太可笑了！」

強生上校說：「我們並沒說是你幹的，法爾先生。」

史帝芬・法爾說：「你是叫我別太在乎白羅先生的說話口氣囉。」

赫丘勒・白羅說：「那實在太不幸了！」

他和善地衝對方一笑。

史帝芬・法爾則怒氣沖沖地瞪著他。

強生上校很快插話道：「謝謝你，法爾先生，沒別的事了。不過，你暫時還不能離開這棟房子。」

史帝芬・法爾點點頭，起身離開房間，自在地邁開步子。

門闔上後，強生說了：「來了個未知數X，一個底細不清的人，他的說詞好像很坦白。但他很可能是匹黑馬。鑽石有可能是他偷的；他可能編了個謊，以便讓李邑家接納他。夏登，你最好弄到他的指紋，看他有沒有案底。」

「我已經弄到了。」主任冷笑道。

「漂亮！你還真沒忽略掉什麼，我想你已經把所有明顯的線索都查過了？」

夏登主任數著手指核對。

「我查了那些電話的撥話時間；調查賀伯什麼時候離開，有誰看見他走了；檢查所有出入口；調查所有僕役；調查家庭成員的經濟情況；和律師聯繫，調查遺囑的事；搜查房子，尋找凶器和衣物上的血跡，以及鑽石可能會在哪兒。」

「我想所有問題都包含進去了。」強生上校讚賞地說，「你有什麼建議嗎，白羅先生？」

白羅搖搖頭，說道：「我覺得主任很值得欽佩。」

夏登卻愁容滿面地說：「要在這幢房子裡找鑽石可不是件開玩笑的事，我這輩子從沒見過這麼多的裝飾品和小玩意。」

「可以藏匿的地方一定很多。」白羅同意道。

「你真的沒什麼建議嗎，白羅？」

強生署長看來有點失望。

白羅接著說：「你能讓我用自己的方式來解決問題嗎？」

「當然，當然啦。」

「什麼方式？」夏登主任狐疑地問。

白羅說：「我想和這些家庭成員展開頻繁、密切的對話。」

「你是說，想對他們再進行一次偵訊嗎？」強生上校有些不明所以地追問。

「不，不是偵訊，是談話！」

「為什麼？」夏登問。

白羅揮揮手。

「關鍵線索在談話中會自然浮現！一個人若一直在談話，無可避免地就會說出真相！」

夏登表示：「那麼你認為有人在說謊了？」

白羅嘆道：「老弟啊，每個人都會說謊。問題是，如何把無害的謊言和有害的謊言區分開來。」

強生上校嚴肅地說：「總之，這件事實在太匪夷所思了。竟然發生這樁冷血殘酷的凶殺案……而我們有哪些嫌犯？艾菲德和他的妻子……都是知書達禮、性情溫和的人。喬治是受人尊崇的國會議員；他的妻子呢，不過是個普通的時髦美女而已。大衛看起來很文雅，他弟弟哈利也說他沒辦法見血。他妻子看起來是位明理的好女人，也很平凡。現在就只剩那位西班牙外甥女和從南非來的史帝芬了。西班牙美女脾氣雖然暴躁，但我不認為那個迷人的女孩會冷血地割斷一個老頭子的脖子，尤其是她有絕對的理由讓他活下去，至少得等到他簽新遺囑吧。史帝芬．法爾是有這個可能。也就是說，他可能是個江湖郎中，為了謀奪鑽石才到這裡。老人發現鑽石遭竊，法爾便割斷他的喉嚨滅口。很有可能是這樣。留聲機的不在場證明其實不是很有力。」

白羅搖搖頭。

「我親愛的朋友，」他說，「比較一下史帝芬．法爾先生和老先生的身材吧！如果法爾決定殺老頭，一分鐘內就能幹掉他，西蒙．李邑不可能有招架之力。誰相信這個虛弱的老人能和那個年輕力壯的傢伙纏鬥好幾分鐘，還碰翻椅子、打碎瓷器？這樣想也太荒謬了！」

強生上校瞇著眼。

「閣下的意思是，殺害老先生的是一位瘦弱的男人囉？」

「或是女人！」主任說。

§

強生上校看看錶。

「我在這裡沒什麼可以做了，你已經都把事情安排妥當，夏登。噢，還有一件事，我們應該見一下那位管家，我知道你已經盤問過他，但我們現在又知道更多了。確定每個人案發時在哪裡很重要。」

泰西里緩緩走進來。警政署長叫他坐下。

「謝謝你，先生。如果你們不介意的話，我就坐下來吧。我一直覺得不舒服，真的很不舒服。我的腿，還有我的頭。」

白羅溫和地說：「是的，你受驚了。」

管家顫了一下。

「在這幢房子裡，竟出了這麼可怕的事！我們這兒一向平平靜靜。」

白羅說：「這個家雖然井然有序，但並不和樂，是嗎？」

「我不願意那麼說，先生。」

「以前一家人都還在的時候，家裡很快樂嗎？」

泰西里溫吞吞地說：「大概也算不上和睦吧，先生。」

「已故的李邑老夫人生前身體並不好，是嗎？」

「是的，先生，她是個可憐人哪。」

「孩子們喜歡她嗎？」

「大衛先生非常愛老夫人，他像是老夫人的女兒，而不是兒子。老夫人去世後，大衛先生就跑掉了，他在這兒住不下去。」

白羅說：「哈利先生呢？他怎麼樣？」

「他一向是個狂放不羈的年輕人，但心地很好。噢，天哪，我可真是嚇一大跳，那門鈴響個不停，響得那麼急躁，我一開門，門口站了個陌生人，接著哈利先生的聲音響起：『嗨，泰西里。還在這兒呀？』就和從前一模一樣。」

白羅同情地說：「那感覺一定很怪，真的。」

泰西里臉上泛起一片緋紅，說道：「有時我覺得時光似乎並未流逝，倫敦有一齣戲講的好像就是這種事。裡頭有種感覺，真的，你會覺得同樣的事情似乎發生過一樣。看起來，好像只是門鈴響了，我前去開門，看到哈利先生站在那裡，甚至是法爾先生或別人也一樣。而我則對自己說，這件事我以前就做過了……」

白羅表示：「值得深思，非常值得深思。」

泰西里感激地看著他。

強生有些不耐煩，他清清嗓子，搶過話來。

「我們只是想再確認幾個時間上的問題。」他說，「就我所知，樓上開始有動靜時，飯廳裡只有艾菲德和哈利先生兩個人，對吧？」

「我真的說不上來，先生。我送咖啡去的時候，所有男士都在裡邊……但那是事發前十五分鐘的事了。」

「喬治先生正在打電話，你能肯定這一點嗎？」

「我想的確有人在打電話，先生。餐具室裡的電話鈴會響，而且若有人拿起話筒撥號，會發出微弱的鈴聲。我記得確實聽見了鈴聲，但當時沒怎麼注意。」

「你不知道確定的時間嗎？」

「不確定，先生。那是在我給男士送完咖啡之後的事，我就知道這麼多了。」

「你知道上述時間中，女士們都在哪兒嗎？」

「我去收咖啡時，艾菲德夫人在客廳裡。那是在樓上發生動靜前一兩分鐘的事。」

白羅問：「她在做什麼？」

「她站在遠處的那扇窗戶旁，先生。她把窗簾拉開了一點兒，正向外張望。」

「其他女士都不在客廳嗎？」

「是的，先生。」

「你知道她們在哪兒嗎？」

「完全不知道，先生。」

「其他人在哪裡，你知道嗎？」

「大衛先生好像在客廳隔壁的音樂室裡彈琴。」
「你聽見他彈琴了？」
「是的，先生。」老人又顫了一下。「那就像預兆一樣哪，先生，這是我後來的感覺。大衛先生彈的是〈送葬曲〉，記得當時我聽得心裡直發毛。」
「這確實很奇怪。」白羅說。
「現在來談談賀伯這名隨從吧，」強生署長說，「你能肯定他在八點之前就出去了嗎？」
「噢，是的，先生。夏登先生剛抵達他就出去了，我之所以特別記得，是因為賀伯打破了一只咖啡杯。」
白羅說：「賀伯打破一只咖啡杯？」
「是的，先生，那種古老的烏斯特瓷器。我清洗那些杯子十一年了，直到今晚之前，從沒打破過一個。」
白羅說：「賀伯動咖啡杯幹嘛？」
「就是嘛，他根本就不該碰它們。他拿起一個來欣賞，我碰巧提到夏登先生來了，他就把杯子掉到地上了。」
白羅說：「你是說『夏登先生』，還是提到『警察』二字？」
泰西里微微吃了一驚。

「現在我想起來了，我是說主任來了。」

「然後賀伯就把咖啡杯掉到地上了？」

「這好像有點意思，」強生表示，「賀伯可有打探主任來訪的目的？」

「有的，先生。他問主任來這兒幹什麼，我說他是來為孤兒院募款，已經上去見李邑先生了。」

「當你這麼說的時候，賀伯是不是鬆了口氣？」

「你知道嗎，先生，經你一說，我想他的確是鬆了口氣。他的態度立刻變了，說李邑先生是位老好人，用錢很大方……他說話的口氣很不尊重，然後他就走了。」

「從哪兒走的？」

「從通向傭人房的門出去的。」

夏登插話道：「那些都沒問題，長官。他的確是從廚房出去的，廚子和廚娘都看見他從後門走了。」

「聽著，泰西里，你仔細想想，賀伯可不可能後來又溜回來，而不被任何人看見？」

老管家搖搖頭。

「我看不出他有這個可能性，先生。所有的門都從裡面鎖上了。」

「如果他有鑰匙呢？」

「門還上了門。」

「那麼他回來時，怎麼進來呢？」

「他有後門的鑰匙，所有傭人都從那個門進來。」

「那麼，他也可以從後門回來囉？」

「那他就非得穿過廚房不可了，先生。廚房直到九點半或九點四十五都有人在。」

強生上校說：「那應該就沒問題了。謝謝你，泰西里。」

老人站起來，行禮退身，卻又在一兩分鐘後折回來。

「賀伯剛剛回來，先生。你們現在要見他嗎？」

「是的，請叫他馬上過來。」

§

辛迪．賀伯長得極不起眼，他走進房間，站在那兒搓著手，東張西望，眼珠在眾人身上轉個不停，樣子十分油滑。

強生說道：「你就是辛迪．賀伯嗎？」

「是的，先生。」

「是已故李邑先生的貼身隨從嗎？」

「是的，先生。這件事太可怕了，對吧？葛絲告訴我的時候，我都快昏倒了，可憐的李邑先生……」

強生打斷他的話。

「你只要回答我的問題就行了。」

「好的，先生，沒問題。」

「你今晚什麼時候出去的，去了哪兒？」

「我是在快八點的時候離開，先生。我去了豪華電影院，先生，戲院離這裡只有五分鐘路程。我看的是《塞維爾老教堂之戀》。」

「有誰看見你在那兒？」

「售票小姐，她認識我。還有電影院門口的服務生，他也認識我。還有……呃，事實上，我是和一位年輕女士一起去的。我們約好在那兒見面。」

「噢，是嗎？她叫什麼名字？」

「桃樂絲·巴克爾，先生。她在馬卡姆路二十三號的乳品店工作。」

「好，這點我們會去查證。看完後你直接回家了嗎？」

「我先把女伴送回去，然後就直接回來了。我說的都是真的，我和這個案子沒關係，我是……」

強生上校不客氣地表示：「沒人指控你和本案有關。」

「是啊，先生，當然沒有。但家裡發生謀殺案總不是件愉快的事。」

「沒錯。我想問一下，你為李邑先生工作多久了？」

「剛滿一年，先生。」

「你喜歡你的工作嗎？」

「是的，先生，我非常滿意，薪水很不錯。李邑先生有時很難伺候，不過我已經習慣照顧病人了。」

「你之前有這方面的經驗嗎？」

「噢，有啊，先生。我在韋斯特少校和賈斯伯・芬奇閣下那兒……」

「待會兒你再把這些細節告訴夏登吧。我想知道的是，你今晚最後一次見到李邑先生是什麼時候？」

「大約七點半，先生。李邑先生每晚七點鐘讓人送一份簡餐上去，然後我就去為他鋪床。用完餐，他會穿著睡衣坐在火爐邊，直到他想就寢。」

「通常會是在什麼時候？」

「不一定，先生。有時如果覺得累，他八點就早早上床了，有時則待到十一點或更晚。」

「當他想上床休息時，他會怎麼做？」

「通常都會按鈴叫我，先生。」

「而你就去服侍他就寢？」

「是的，先生。」

「但今天是你的休假日，你向來在星期五休假嗎？」

「是的，先生，星期五是我固定的休假日。」

「那李邑先生想睡覺的時候怎麼辦呢？」

「他會按鈴，泰西里或華特會過去。」

「李邑先生不是完全不能行動吧？他可以走動嗎？」

「可以，先生，但比較困難。他得的是風溼性關節炎，有時疼得非常厲害。」

「白天時他從不去別的房間嗎？」

「是的，先生。他就喜歡待在自己房裡，李邑先生並不奢華。他房間很大了，而且空氣和光線都很充足。」

「你說李邑先生在七點鐘吃晚餐？」

「是的，先生。我把托盤拿走，然後把雪利酒和兩個玻璃杯拿出來放在寫字檯上。」

「你為什麼那麼做？」

「是李邑先生吩咐的。」

「他很常這樣做嗎？」

「偶爾才這樣。李邑先生有規定：若未獲他召喚，家人晚上不得上樓看他。有時他喜歡獨自一人，有時則會在晚餐後，派人到樓下請艾菲德先生或夫人、或者兩人一起上樓。」

「而就你所知，今天他沒這麼做？也就是說，他未傳話給任何家人，叫他們過去？」

「他沒有派我去傳什麼話，先生。」

「所以他沒有在等任何人囉？」

「也許他是親口邀約的，先生。」

「當然了。」

賀伯接著說：「我看一切都打點好了，就跟李邑先生道晚安，離開房間了。」

白羅問道：「你離開房間前，在壁爐裡添柴火了嗎？」

男僕猶豫了一下。

「沒必要，柴已經都添好了。」

「李邑先生自己能添嗎？」

「噢！不，先生。我想是哈利先生幫忙弄的。」

「你晚飯前進來時，哈利先生和他在一起嗎？」

「是的，先生。我進來後他就走了。」

「你覺得他們兩人之間的關係如何？」

「哈利先生心情好像挺不錯的，他頭向後仰著笑了半天。」

「李邑先生呢？」

「他很安靜，一副若有所思的樣子。」

「我明白了。嗯，還有一些事我想知道。關於李邑先生保險箱裡的鑽石，你能告訴我們什麼？」

「鑽石？我從沒見過任何鑽石啊。」

「李邑先生在那兒放了一些未經切割的鑽石，你一定見過他把玩。」

「就是那些可笑的小鵝卵石嗎？是的，有一兩次我看見他拿著它們，但我不知道那是鑽石。他昨天……或是前天，還拿給那位外國女士看哩。」

強生上校突然說：「那些鑽石被偷了。」

賀伯失聲叫道：「先生，你不會認為我和這件事有關係吧？」

「我又沒指控你，」強生說，「好啦，你能提供任何與此事有關的線索嗎？」

「先生，您是指鑽石還是謀殺？」

「都可以。」

賀伯想了半天，用舌頭舔著發白的嘴唇，最後終於鬼鬼祟祟地抬起頭來。

「好像沒什麼可說的，先生。」

白羅輕聲表示：「你當班時，沒有無意中聽見一些對我們有幫助的事嗎？」

男僕眼睛眨了一下。

「沒有，先生，好像沒有。李邑先生和……和某些家庭成員之間有問題。」

「和哪些家庭成員？」

「據我推測，哈利先生回來這件事有點麻煩。艾菲德先生反對，我知道他和老先生談到這檔事，不過也就只是談談而已，老先生並沒有指責艾菲德拿了什麼鑽石，我也很確定艾菲德先生不會幹這種事。」

白羅飛快地說：「那麼，老先生和艾菲德的會面，是在他發現鑽石丟了之後的事囉？」

「是的，先生。」

白羅向前探身。

「我想，賀伯，」他輕聲說，「在我們還未告訴你之前，你並不知道鑽石是被偷了。那麼，你怎會知道李邑先生和他兒子談話前就發現鑽石失蹤了呢？」

賀伯的臉都紫了。

「撒謊是沒有用的，說出來吧，」夏登說，「你什麼時候知道的？」

賀伯悶悶不樂地說：「我聽見他在電話裡跟人說的。」

「你當時不在房間裡嗎？」

「對，我在門外，聽不太清楚，只聽見了一兩句話。」

「你到底聽見了什麼？」白羅溫和地問道。

「我聽見他提到盜竊和鑽石，還聽見他說：『我不知道該懷疑誰。』還說到今晚八點鐘什麼的。」

夏登主任點點頭。

「他是在跟我講電話，老兄。大約五點十分，是不是？」

「對，先生。」

「後來你進房間時，他看起來很不高興嗎？」

「只有一點點，先生，他看起來好像心不在焉，而且有點兒擔心。」

「你以為這樣就算交代完畢了嗎？」

「夏登先生，您不能那樣說呀。我從沒碰過鑽石，真的沒有，而且你也無法證明是我幹的，我不是小偷啊。」

夏登主任不為所動地說：「這還有待驗證。」他詢問地看了強生上校，對方點點頭，夏登繼續說道：「好了，今晚沒你的事了。」

賀伯感激地匆忙走出去。

夏登讚賞地說：「幹得好，白羅先生。你的套話技巧真讓我大開眼界。不管賀伯有沒有偷鑽石，但他說謊的功力實在是一流。」

「這人真賊。」白羅說。

「是挺下流的，」強生表示同意說，「問題是，我們對他的證詞有何看法？」

夏登有條不紊的總結整個情況。

「在我看來有三種可能：一、賀伯既是竊賊又是凶手。二、賀伯是竊賊，但不是凶手。三、賀伯是無辜的。關於第一點，有一些特定的證據：賀伯偷聽電話，知道鑽石失竊的事被發現了。他從老人的態度中，推測老人已在懷疑他了，於是安排計畫，佯裝在八點出去，以製造不在場證明。然後他輕鬆地從電影院溜回來，而且不為人發現。不過他得確定那女的不會出賣他。明天我會去看看能從她身上問到什麼。」

「那麼，賀伯是怎麼回到屋子裡的？」白羅問。

「這就有點麻煩了，」夏登承認。「但總會有辦法的。比如說，女傭幫他打開側門。」

白羅嘲弄地揚起眉毛。

「這樣一來，賀伯豈不是把命放在兩個女人手中了？光靠一個女人就夠冒險了，弄到要靠兩個……這風險也太高了吧！」

夏登表示：「有些罪犯以為自己在任何情況下都能逃脫咧！」

接著他又說道：「現在看看第二種可能。賀伯偷了鑽石，今晚便送出屋外，或許已經交給他的同夥了，這是很容易而且極有可能的。那麼我們只得承認，殺害老先生的是其他人。凶手完全不知道鑽石的事。這當然也有可能，但實在是太巧了。

「第三種可能……賀伯是無辜的，別人拿走鑽石並謀殺了老先生。這就得靠我們來揪出真凶了。」

強生上校打了個哈欠，看看錶，然後站起身。

「好了，」他說，「今晚就到此為止吧。我們離開之前最好再查一下保險箱，如果那些讓人頭疼的鑽石還在那兒，那就怪了。」

然而鑽石確實不在保險箱裡。眾人在艾菲德所指示的死者睡衣口袋裡的小筆記本上面找到了密碼。他們在保險箱裡找到一只空的鹿皮袋，裡頭的資料中，只發現一份讓人產生興趣的文件。

那是一份十五年前擬的遺囑。在各項遺產和物品清單之後，列著非常簡單的條款。西蒙．李邑的一半遺產留給艾菲德，剩下的一半分成四份，給其他幾個孩子：哈利、喬治、大衛和珍妮芙。

04
十二月二十五日

聖誕節正午，陽光燦爛，白羅走在戈斯洞莊的花園中。宅邸本身是一棟堅固的大房子，建築外觀上並沒有什麼特別的裝飾。

宅子南邊有一大片露台，露台邊緣環繞著修剪齊整的紫杉。石板路的縫隙間長著小棵植物，露台欄杆邊擺著小型景觀設計的石槽。

白羅萬分讚許地彎身看著那些小型園林，自言自語道：「太出色了！」

白羅發現，遠方有兩個身影朝三百碼距離外的一小片觀賞用池塘走去。其中一個一眼就能看出是珮洛兒。他原先以為另一名是史帝芬．法爾，接著才認出這位和珮洛兒一起的男士是哈利。哈利似乎對這位風情萬種的外甥女十分殷勤，他仰著頭大笑，然後又低頭靠近她。

「看來這兒有個人一點也不悲痛哩。」白羅嘀咕道。

身後一聲輕響令白羅轉過身來。瑪格琳正站在那兒，望著漸漸遠去的那對男女。她扭頭對白羅粲然一笑。

「天氣多麼暖和啊！很難相信昨夜發生了那麼駭人的事，對吧，白羅先生？」

「是很難相信，真的，夫人。」

瑪格琳嘆口氣。

「我從未涉及過任何慘事，我真的……我真的才剛剛長大，我想，長久以來，我一直只是個孩子。那樣其實不好。」她又嘆了口氣，說道：「珮洛兒似乎非常鎮定，大概是因為她是西班牙人吧。這很奇怪，不是嗎？」

「什麼很奇怪，夫人？」

「她怎麼一點都不難過！」

白羅說：「我聽說老先生找了她好一段時間，他給馬德里的領事館和在阿利夸拉——她母親去世的地點——的副領事都寫了信。」

「這件事他非常保密，」瑪格琳說，「艾菲德什麼都不知道，莉迪亞也是。」

「啊！」白羅說。

瑪格琳走近白羅，他可以聞到她身上淡淡的香水味。

「白羅先生，我聽過一些關於珍妮芙的丈夫艾托瓦多的事。他們婚後不久，艾托瓦多就死了，關於他的死有一些祕密，艾菲德和莉迪亞知道。我想是一些……很不光彩的事……」

「噢，」白羅說，「聽起來是挺悲慘的。」

瑪格琳說：「我丈夫覺得——而我也同意他的看法——李邑家有權知道更多這女孩的底細。畢竟，如果她父親是一名罪犯……」

她頓了一下，但赫丘勒·白羅什麼都沒說，他好像正在欣賞戈斯洞莊庭園中的冬景。

瑪格琳說：「我總覺得我公公死亡的方式別具含義，那種死法很……很不英國式。」

赫丘勒·白羅緩緩轉身看著她，肅穆的眼神中，帶著一抹天真的探詢。

「啊，」他說，「你認為是西班牙式的嗎？」

「嗯，西班牙人很殘忍，不是嗎？」瑪格琳稚氣地控訴道，「那些鬥牛啊什麼的！」

白羅輕鬆地說：「你是說，你認為是艾托瓦多小姐割斷了她外祖父的喉嚨？」

「噢，不，白羅先生！」瑪格琳的反應很強烈，她嚇了一跳。「我可沒有那麼說！真的沒有！」

「啊，」白羅說，「算你沒有。」

「不過我的確認為她……嗯，很可疑。比如說，昨晚她在我公公房間的地板上撿起東西時，樣子就鬼鬼祟祟的。」

赫丘勒·白羅的語氣一變，很快地說：「她昨晚從地板上撿起了一些東西？」

瑪格琳點點頭，孩子氣的嘴巴輕蔑地撇了撇。

「是啊，就在我們剛進房間的時候。她很快四下瞄了一眼，看有沒有人在注意她，接著就一把撿起東西來。不過我很高興主任看到了，還叫她交出來呢。」

「你知道她撿的是什麼嗎，夫人？」

「不知道，我離得不夠近，沒看見。」瑪格琳的聲音充滿遺憾。「是很小的東西。」

白羅皺皺眉。

「有意思。」他喃喃道。

瑪格琳急切地說：「是啊，我想你應該知道這件事，畢竟我們對珮洛兒的成長經歷和生活背景一無所知。艾菲德總是心事重重，而親愛的莉迪亞卻又滿不在乎。」接著她咕噥道：「我最好還是去看看莉迪亞有什麼忙要幫的，說不定有些信件要寫。」

瑪格琳離白羅而去，嘴邊掛著一抹惡毒而滿意的笑容。

白羅留在露台上，沉浸在自己的思緒中。

§

夏登主任悶悶不樂地朝白羅走來，說道：「早啊，白羅先生。現在好像不太適合說『聖誕快樂』，對吧？」

「朋友啊，你看起來確實是不怎麼開心。就算你說『聖誕快樂』，我也很難答得上話！」

「我可不希望再有一個這樣的聖誕節了，真的。」夏登說。

「你那邊有進展嗎？」

「我查了好多事。賀伯的不在場證明沒問題，電影院門口的服務生看見他和那個女的一起進去，也看見他在電影散場時和她一起出來，而且也滿確定他沒有中途離席，更不可能在放映中離開又折返回去。那個女的則信誓旦旦地說，賀伯一直陪著她看完電影。」

白羅揚眉說：「那麼，我看就沒什麼好懷疑的了。」

夏登挖苦道：「哼，誰知道女人心裡都在想些什麼！她們可以臉不紅氣不喘的為自己的男人撒謊。」

「女人就這點可愛啊。」赫丘勒．白羅說。

夏登頗表不平。

「你這種看法也太異類了吧，完全罔視公理正義。」

赫丘勒．白羅說：「公理正義原本就是件奇怪的東西，你從來沒想過嗎？」

夏登瞪著他說：「你真是個怪人，白羅先生。」

「絕對不是，我的想法很符合邏輯，不過我們別再為這個問題爭論了。所以，你認為那位乳品店的小姐沒說真話？」

夏登搖搖頭。

「不，」他說，「不是這樣的。事實上，我認為她說的是真話，她是那種很單純的女孩，她若說謊，我會知道。」

白羅說：「你有這方面的經驗嗎？」

「就是這麼回事，白羅先生。如果一個人一輩子都在記錄各種證詞，多少會知道別人是否在說謊。我認為那個女孩的證詞不假，果真如此，賀伯就不可能謀殺李邑先生了，這下箭頭又指回到李邑家的人身上了。」

夏登深吸口氣。

「是他們之中的某個人幹的，白羅先生。他們當中的一個，但會是誰呢？」

「你沒發現新的證據嗎？」

「我運氣還不錯，電話的事查到了一些。喬治．李邑在八點五十八分時打電話到威斯林罕，講了差不多六分鐘。」

「啊哈！」

「就像你說的！此外，沒有其他電話打出去了，無論是打到威斯林罕或別的地方。」

「有意思，」白羅贊同地說，「喬治說他聽到樓上的動靜時，剛剛打完電話……但實際上，他十分鐘前就打完電話了。那十分鐘他在哪兒呢？喬治夫人說她也正在打電話，但實際上她根本就沒打過電話，那她人在哪兒？」

夏登表示：「我剛看見你和她說話，白羅先生。」

他的語氣裡帶著疑問，但白羅答道：「你錯了！」

「呃？」

「我沒和她說話……是她來和我說話！」

「噢……」就在夏登不耐地跳過其間的區別時，突然明白其中的玄機了，他說：「你是說，是她在和你說話？」

「沒錯。她就是為了和我說話才出來的。」

「她說了什麼？」

「她想強調一些重點：這案子不像是英國人幹的；艾托瓦多小姐的父親可能做過不名譽的事；艾托瓦多小姐昨晚鬼鬼祟祟地從地板上撿起某些東西。」

「她跟你說了這些啊？」夏登大感興趣地說。

「是的。那位小姐究竟撿了什麼東西？」

夏登嘆口氣。

「我可以給你三百次機會去猜！我可以拿給你看，這種謎題啊，只有在偵探小說裡才解得開！如果你能解釋得出來，我就從警界退休！」

「拿給我瞧瞧吧。」

夏登從口袋裡拿出一個信封，把裡面的東西倒在手心裡。他臉上露出一絲淡淡的笑容。

「瞧吧。你怎麼解釋？」

主任寬闊的手掌裡，躺了一小片三角形的粉色橡皮和一個小小木頭楔子。

白羅皺著眉拿起那些東西，夏登的笑意更深了。

「想得出來嗎，白羅先生？」

「這一小片東西，可能是從盥洗防水袋上剪下來的。」

「沒錯，這是有人用銳利的剪刀，從老先生房裡的橡皮防水袋上剪下來的一小塊三角形。搞不好是老先生自己剪的，至於他為什麼要這麼做，我就沒轍了，賀伯也不知道這檔事。至於那個楔子，大小和紙牌遊戲用的釘子差不多，但那通常是象牙做的。我倒認為，這只是一塊粗糙的木頭，從一塊杉板上削下來的。」

「太怪了。」白羅喃喃道。

「如果你喜歡就留著吧，」夏登和藹地說，「我用不著。」

「朋友啊，我不會把它們奪走的。」

「它們對你來說完全沒價值嗎？」

「我必須承認……什麼價值都沒有。」

「太好了！」夏登的口吻裡帶著強烈的嘲諷意味，他把東西收回口袋裡。「我們繼續吧！」

白羅說：「瑪格琳說，珮洛兒偷偷摸摸彎腰撿起這些小東西。你覺得那是真的嗎？」

夏登想了一下。

「呃……不，」他遲疑地說，「沒到那種程度。她看起來並不心虛……完全不是那樣。但她下手的確相當……嗯，快速而安靜，如果你懂我意思的話。而且她不知道我看見她拿了，這點我很確定。當我突然問她的時候，她還嚇了一跳。」

白羅沉思道：「所以其中是有原因的了？但能有什麼原因呢？那一小片橡皮相當新哪，還沒使用過。它可能不具任何意義，可是……」

夏登不耐煩地說：「啊，你儘管慢慢去想吧，白羅先生，我還有別的事要做呢。」

白羅問道：「你覺得，這件案子處於……什麼情況？」

夏登拿出筆記本。

「我們來看看一些事實吧。首先是那些不可能下手的人，先把他們排除在外……」

「這些人是……」

「艾菲德和哈利。他們有確切的不在場證明。還有艾菲德・李邑夫人，因為泰西里在出事前幾分鐘，才看見她在客廳裡。這三個人是沒有問題的。現在輪到別人了，這裡有份名單，我把它們仔細列出來了。」

夏登把筆記本遞給白羅。

案發時間	
喬治·李邑	在？
喬治·李邑夫人	在？
大衛·李邑	在音樂室彈琴（由其妻證實）
大衛·李邑夫人	在音樂室（由其夫證實）
艾托瓦多小姐	在她的臥室（無人能證實）
史帝芬·法爾	在舞廳放唱片（三名在傭人房聽見音樂的僕人證實）

白羅將名單遞回去說：「所以呢？」

「所以，」夏登說，「喬治有可能殺了老頭子，喬治的老婆也有可能殺他，珮洛兒有可能，還有大衛·李邑先生或夫人也可能殺了他，但他們不可能兩人一起動手。」

「所以你不接受他們的不在場證明囉？」

夏登主任用力搖頭。

「不可能！丈夫和妻子都是一夥的！他們有可能聯手，或一個人下手，而另一個則提供不在場證明。我是這麼想的：有人在音樂室裡彈琴，那可能是大衛，很可能因為他是位公認的音樂家。然而除了他和他妻子自己的說詞外，沒有證據證明希黛也在那兒。同樣地，彈琴的也可能是希黛，而大衛則偷偷摸摸上樓殺他父親！這和兩兄弟在飯廳裡吵架完全不同，艾菲德和哈利彼此沒有感情，不會為對方做偽證。」

「史帝芬．法爾怎麼樣呢？」

「他是可能的嫌犯，因為留聲機的證據有點薄弱。從另一方面來說，這倒比那種確切的不在場證明可靠得多，因為那種證明十之八九都是事前偽造好的。」

白羅若有所思地點點頭。

「我懂你的意思。史帝芬的不在場證明，是在他事先不知情的狀況下所提供的證明。」

「正是！而且反正不管怎麼，我不相信一個陌生人會捲進這件事。」

白羅馬上說：「我同意你的看法，這是件家務事，而且是一種深植而糾結不開的仇恨。我覺得其中含有憎惡與理解……」他擺擺手。「我不知道，這太難了！」

夏登主任恭敬地等他說完，但對白羅的話幾乎無動於衷。他說：「是啊，白羅先生。不過別擔心，讓我們慢慢抽絲剝繭和推理，總會找出真相的。現在我們已經找到一些可能性了……有機會下手的人包括：喬治、瑪格琳、大衛、希黛、珮洛兒，再加上史帝芬・法爾。誰有殺害李邑老先生的動機呢？我們可以再排除掉一些人：珮洛兒即為其一。就目前的遺囑看來，她什麼也得不到。如果老先生死於她母親之前，她母親的那一份便會留給她……除非她母親另有所圖。但是既然珍妮芙在老先生之前過世，她的那份遺產就要分給其他家庭成員了。所以就珮洛兒的利益而言，她絕對是希望老人活著的。老人喜歡她，一定會在新遺囑中留給她一大筆錢，謀殺老人對她有百害而無一利，你同意嗎？」

「完全同意。」

「當然，還有一種可能是，她在激烈爭執中割斷了他的喉嚨，不過照我看來，絕不是這樣的。首先，他們的關係非常好，她到這兒的時間不長，還可以忍受他，因此，珮洛兒不太可能下手，除非像你朋友喬治夫人說的，割斷別人的咽喉不像是英國人的作風。」

「她才不是我朋友，」白羅急忙說，「要不然，我也要說珮洛兒是你朋友了，人家覺得你很帥哩！」

看到英氣逼人的主任那副氣惱的樣子，白羅心裡大樂。夏登脹紅了臉，白羅則頑皮十足地望著他。

白羅羨慕不已地說：「你的鬍子相當好看倒是真的……告訴我，你用了什麼特別的滋潤霜嗎？」

「滋潤霜？天哪，才沒有！」

「那你到底用什麼？」

「用什麼？什麼都沒用，我就是……隨便它長啦。」

白羅嘆口氣。

「你真是得天獨厚啊。」他摸著自己茂密的黑鬍子，接著又嘆口氣，喃喃道：「滋潤枯乾毛髮的乳霜，可是很貴的啊！」

夏登主任對美髮的問題絲毫不感興趣，他繼續遲鈍地說道：「說到做案動機，也許我們可以排除史帝芬．法爾先生。他父親和老先生以前也許有些牽扯不清的事，令前者吃足苦頭，但我覺得可能性不大。法爾在談到這些事時，態度太輕鬆了，而且我不認為他是裝出來的。我認為我們不會從法爾身上找出問題。」

「我也不認為你找得出來。」白羅說。

「還有一個人有讓老先生活著的動機──他兒子哈利。他可以從遺囑中受益，但我不認為他意識到這點。當然啦，這點我們還無法確定！大體看來，哈利離家時，遺囑中便將他排除在外了。不過現在他似乎又重新得寵了！老先生要立新遺囑對他只有好處，他不會那麼傻，現在就殺掉他。實際上就我們所知，他是不可能的。你看，我們滿有進展的，排除了不少人。」

「真的，很快就會一個也不剩了。」

夏登咧嘴笑道：「不會那麼快！我們還有喬治和他老婆，以及大衛夫婦。他們都能因老先生的死而受益，而且就我所知，喬治很看重錢。更有甚者，他父親威脅要裁減他的生活費。所以喬治既有動機又有機會！」

「請繼續。」白羅表示。

「還有喬治的老婆瑪格琳！此婦見錢眼開，而且搞不好現在還負債累累！她很嫉妒那個西班牙女孩，很快便看出女孩很得老人歡心，她聽見老人說要請律師來，於是便先下手為強。這樣很合理。」

「是有可能。」

「接著是大衛和他妻子，他們也受益於當前的遺囑，但我老覺得，對他們來說，錢不是很大的動機。」

「是嗎？」

「是的。大衛看起來是個夢想家，不是那種貪財型的。但他……嗯，他很怪。就我看來，這件謀殺案有三種可能的動機：鑽石、遺囑，還有……嗯，全然的恨意。」

「啊，你看到這點了嗎？」

夏登說：「當然，我一直有這個想法。老先生若是大衛殺的，我不認為會是為了錢。而且如果他是凶手，就可以解釋成……嗯，血祭！」

白羅讚許地看著他。

「真的，我還在想，你什麼時候會把這點考慮進去。這麼多的血……那是艾菲德夫人說的，讓人想起古代的崇拜儀式——血祭，用染血的牲品來獻祭……」

夏登皺著眉說：「你是說凶手是個瘋子？」

「朋友，人身上有許多自己無法意識的本能，像嗜血，對祭儀的渴求！」

夏登懷疑地說：「大衛看起來很安靜，不會傷人啊。」

白羅說：「你不懂心理學。大衛是個活在過去的人，母親的記憶仍留在他心中。多年來他與父親斷交，是因為無法寬恕父親對母親的薄情不仁。或許他到這裡是來寬恕他父親的，但有可能他還辦不到……我們只知道一件事，當大衛站在他父親的屍體旁邊時，心中某個部分終於獲得了平靜與滿足。『上帝的磨坊慢工細磨，卻磨得格外仔細。』惡有惡報！罪有應得啊！所有的罪惡都在報應中一筆勾銷了。」

夏登突然打個寒顫。他說：「別那麼說，白羅先生，你嚇到我了。也許就像你說的那樣，但若是如此，大衛夫人應該知情，而且會盡其所能地替他掩飾，我想她一定會那麼做。但我無法想像她會是凶手，她是如此的靜定自若啊。」

白羅好奇地看著他。

「她給你這種印象嗎？」他喃喃道。

「嗯，是的。她看起來很賢妻良母，如果你懂我意思！」

「噢，我完全明白你的意思！」

夏登看看他。

「別賣關子了，白羅先生，你對本案自有想法，說出來聽聽吧。」

白羅慢悠悠地說：「我是有些想法，不過都還很雜亂，還是讓我先聽聽你對這案子的總結吧。」

「好吧，就像我說的，有三種可能的動機：仇恨，遺產利益，還有竊取鑽石。按時間順序來看一下事實。三點三十分，家庭聚會，老先生跟律師在電話中的談話，被所有家庭成員無意中聽見，接著老人痛罵眾人一頓，要他們滾，一群人便像受驚的兔子般溜出去了。」

「希黛留在後面。」白羅說。

「沒錯，但時間並不久。接著，大約六點的時候，艾菲德和他父親會面……不愉快的會面。哈利又重新得寵了，艾菲德對此很不高興。因此艾菲德應該是我們的首要嫌犯，他顯然有著最強的動機。不過，接著哈利來了，他談笑風生，老先生就喜歡他這調調。但在這兩次會面之前，老先生已發現鑽石被偷的事，而且打了電話給我。他對兩個兒子都沒提這檔事，為什麼？我覺得是因為他很肯定兩人都與此事無關，也沒有嫌疑。就像我一直說的，老先生懷疑賀伯和另一個人，而且我很清楚他打算怎麼做。別忘了，他表明晚上不要任何人去看他，為什麼？因為他在準備兩件事：第一，我的到訪；第二，另一個被懷疑的人來訪。他的確叫某人晚餐後立刻去見他。那人會是誰呢？可能是喬治，更可能是他的妻子瑪格琳。還有一個人也有可能——珮洛兒・艾托瓦多。老人給她看過鑽石，談過鑽石的價值。誰知道那女孩是不是小偷？記得有人暗示過，她父親有不光彩的過去嗎？也許他是個職業竊賊，最後還為此坐牢。」

白羅緩緩說道：「所以就像你說的，珮洛兒又有嫌疑了……」

「對，只是偷東西方面，沒有別的了。也許她在被發現之後一時衝動，而撲過去襲擊老先生。」

白羅慢慢表示：「這是有可能的，是的……」

夏登主任敏銳地盯著他。

「但你並不這麼認為？白羅先生，你怎麼看呢？」

白羅說：「我還是回到同一件事上：死者的性格特徵。西蒙・李邑是個什麼樣的人？」

「這點不是祕密吧。」夏登瞪著他說。

「那麼，請告訴我，對本地人來說，老先生是個什麼樣的人。」

夏登主任不解地用食指摸著下巴說：「我自己並不是本地人，我來自邊界一帶的里夫郡。李邑老先生在這一帶是位響噹噹的人物，我對他的了解全都是聽來的。」

「是嗎？你聽到什麼？」

夏登說：「嗯，他是個厲害的傢伙，很少有人能鬥得過他。但他用錢很慷慨，絕不吝惜。我實在想不通喬治怎會是他父親的兒子，他和他父親完全相反！」

「啊！不過李邑家人的血統分兩派：艾菲德、喬治和大衛很相似，至少表面上如此，像他們母親那邊的家族。今早我看了畫廊裡的一些畫像。」

「老先生脾氣很暴躁，」夏登主任接著說，「而且花名在外，聲名狼藉……不過那是他年輕時候的事了，他現在已經臥病多年。但即使在女人那方面，他也一向慷慨。如果和她們有了麻煩，他總是會付一大筆錢解決，並讓女方順利嫁人。他也許有不少惡行劣跡，可他從不吝嗇。他對妻子很不好，總在追別的女人，而忽略她的存在。據說李邑夫人是傷心而死的。當然這是一種普遍的說法，但我相信她真的很不幸，可憐的夫人，她一直有病，不太外出。老先生無疑是個怪人，據說他復仇心極重，如果有人虧待他，他勢必會還以顏色，就算等再多年也無所謂。」

「上帝的磨坊慢工細磨，卻磨得格外仔細。」白羅喃喃說道。

夏登主任沉重地表示：「還不如說是魔鬼的磨坊呢！西蒙．李邑沒什麼高貴的情操可言，你可以說他已把靈魂賣給了魔鬼，還對這筆交易津津樂道！而他的確感到驕傲，像撒旦一樣驕傲。」

「像撒旦一樣驕傲！」白羅說，「你這句話頗具暗示。」

夏登主任不解地說：「你該不會是指，老先生被殺是因為他很驕傲吧？」

「我是說，」白羅表示，「遺傳這東西確實存在，西蒙・李邑把他的驕傲傳給了他的兒子們……」

他突然住口不說了。希黛從房裡走出來，正站在那兒向露台這邊張望。

§

「我想找你，白羅先生。」

夏登主任藉口告辭，回房子裡去了。希黛目送他離開後說道：「我不知道主任和你在一起，我還以為他和珮洛兒在一塊兒呢。他看起來是個謹慎的人，考慮問題很周密。」

希黛的聲音悅耳低緩，有種安撫人的效果。

白羅問道：「你說你想見我？」

她點點頭。

「是的，我認為你可以幫我忙。」

「我會很樂意，夫人。」

她說：「你是個聰明人，白羅先生，我昨晚就看出來了。我想，有些事你可以輕易便發現，我希望你了解我外子。」

「請說，夫人。」

「這些話我不會對夏登主任說，因為他不懂，但你可以。」

白羅微微欠身表示感謝。

「你過獎了，夫人。」

希黛繼續平靜地表示：「自從我嫁給我先生後，多年來，他一直是個精神殘障。」

「啊！」

「肉體受到重大傷害時，會造成休克和痛苦，但身體總會慢慢痊癒，肌肉長上了，骨頭癒合了。也許還會有點虛弱，有些疤痕，但也不會有什麼別的事了。我丈夫，白羅先生，在他最易感的年紀，受了極大的精神傷害，他崇拜他母親，又親眼看著她去世，他相信他父親對母親的死有道義責任。此後他再也沒能從那個打擊中完全恢復過來，他對父親的憤恨從未平息。是我說服大衛來這兒過聖誕節與他父親和解的。為了他好，我希望那個精神創傷能夠癒合，現在我才意識到，來這兒是個錯誤。西蒙．李邑以掀痛大衛的傷口為樂，那是……一件非常危險的事……」

白羅說：「夫人，你是想告訴我，你先生殺了他父親嗎？」

「我想告訴你，白羅先生，他也許很輕易就動手……而我還要告訴你——他沒有！西蒙・李邑被殺時，大衛正在彈〈送葬曲〉，潛伏在他心底的殺人欲望，從他指間流瀉而出，消失在跌宕的音律之中了……這是真的。」

白羅沉默了一兩分鐘後，接著說：「那麼夫人，你對過去的那場悲劇有何結論？」

「你是指西蒙・李邑之妻的死嗎？」

「是的。」

希黛慢條斯理地表示：「我對人生的體悟，足以了解一點：永遠不可憑事物的表面來判定是非曲直。表面上，一切錯在西蒙・李邑，而他妻子的確也受到了不平的對待。但同時，我相信她那種逆來順受的稟性，會激發特定男性最壞的本質。我覺得西蒙・李邑喜歡的是勇敢積極的性格，隱忍與淚水只會激怒他。」

白羅點點頭說：「你丈夫昨晚說：『我母親從未抱怨過。』這是真的嗎？」

希黛不耐煩地說：「當然不是！她一直在向大衛抱怨！她把自己的不快樂全往大衛身上倒，大衛太年輕，太年輕了，以致無法忍受母親給予他的負擔！」

白羅若有所思地看著她，希黛因此脹紅了臉，她咬著唇。

白羅表示：「我明白了。」

她的語氣很硬。

「你明白什麼了？」

他答道：「明白你不得不扮演大衛母親的角色，然而其實你更想成為他的妻子。」

她別過臉去。

就在此時，大衛走出房子，沿著露台向他們走來。他語氣中充滿了快樂。

「希黛，天氣真好，不是嗎？幾乎和春天一樣，一點也不像冬日。」

他走近了些，仰著頭，一綹金髮垂在額前，一對藍眼閃著晶光。大衛看來不可思議地年輕且稚氣，他身上有股青春的熱情，一種無憂的光彩。赫丘勒·白羅屏住了呼吸。

大衛說：「我們去湖邊吧，希黛。」

她笑了，伸手挽住他，兩人一起離去。

白羅目送兩人離開，卻看見希黛回過頭飛快地瞟了他一眼。白羅看出她眼神中一閃而過的焦慮。或者，他想，是恐懼？

赫丘勒·白羅慢慢地朝露台另一端走去。他喃喃自語道：「我就說嘛，我是聽取告解的神父！女人比男人更常告解，所以今早來找我的都是女人，不知道會不會很快又有一個找來了？」

當白羅在露台盡頭轉過身往回走時，他知道自己的問題有了答案。莉迪亞·李邑正朝他走過來。

§

莉迪亞說：「早啊，白羅先生。泰西里告訴我可以在外面找到你，他說你和哈利在一起。不過我很高興看見你獨自一人，我先生一直在談你，我知道他很渴望和你聊聊。」

「啊，是嗎？要我現在去見他嗎？」

「先別去。他昨晚幾乎沒睡，最後我給了他一片安眠藥。他還在睡呢，我不想打擾他。」

「我能了解，這樣做很明智。我可以看得出昨晚的事對他打擊有多深。」

莉迪亞正色道：「白羅先生，艾菲德真的很在乎這件事，遠甚於其他人。」

「我明白。」

她問道：「你，或是夏登主任，知道可能是誰下的手嗎？」

白羅不慌不忙地說：「夫人，關於誰不可能下手，我們倒是知道一些。」

莉迪亞近乎不耐地說：「簡直是噩夢，太荒誕了，我無法相信這是真的！」她又加上一句：「賀伯怎麼樣？他真的像他說的，當時在電影院嗎？」

「是的，夫人，我們已查證過他的說詞，他說的是真話。」

莉迪亞停下來，摘了一點紫杉葉，她的臉色變得更白了，她說：「太可怕了！這麼一來，就只剩……只剩家裡的人了！」

「完全正確。」

「白羅先生，我無法相信！」

「夫人，你要相信，而且你的確也相信！」

她似乎想抗議，卻突然露出苦笑。

她說：「人實在是太虛偽了！」

他點點頭。

「夫人，如果你肯對我開誠布公，」他說，「你應該會承認，對你來說，家裡的某個成員謀殺了你公公，似乎是很順理成章的事。」

莉迪亞厲聲表示：「你怎麼說這種奇怪的話，白羅先生！」

「我是不該這麼說，但你公公本來就是個怪人！」

莉迪亞表示：「可憐的老人。現在我會為他難過了，不過他生前常常把我氣到說不出話來！」

白羅說：「我可以想像！」他彎身看著小型景觀。「這些東西真是太別致、太討人喜愛了。」

「很高興你喜歡它們，這是我的嗜好。你喜歡這個北極風光的企鵝和冰山嗎？」

「很精采。而這個……這是什麼？」

「噢，那是死海……或者說將會是死海，因為還沒完成呢，不用看了。還有這個，是科西嘉的皮亞納。那裡的岩石是粉色的，可愛極了，而且一直延伸到蔚藍的海上。這幅沙漠風景也很有意思，你覺得呢？」

莉迪亞領著白羅一路走著，當他們走到盡頭時，莉迪亞看了手錶一眼。

「我得去看看艾菲德醒了沒。」

莉迪亞離開後，白羅慢慢地踱回代表死海的那個小型景觀旁邊，非常感興趣地看著，然後摳出幾塊鵝卵石拿在手上把玩。

突然間，白羅臉色一變，將鵝卵石湊近眼前。

「見鬼了！」他說，「好個意外！這到底意味著什麼呢？」

05 十二月二十六日

強生署長和夏登不可置信地盯著白羅，後者把一捧小鵝卵石小心地放回一只小紙盒裡，推到強生面前。

「噢，是的。」他說，「是那些鑽石沒錯。」

「你剛才說，你是在哪兒找到的？在花園裡嗎？」

「在艾菲德夫人布置的一個小型景觀裡。」

「艾菲德夫人？」夏登搖搖頭。「看起來不太可能。」

白羅說：「我猜你的意思是，你不認為是艾菲德夫人割斷老先生的喉嚨？」

夏登馬上回道：「我們知道不是她幹的，我是說，鑽石不太可能是她偷的。」

白羅表示：「的確很難相信莉迪亞會偷鑽石，是呀。」

夏登說：「任何人都可能把鑽石藏在那兒。」

「這倒是真的，藏在那個獨特的景觀裡確實很方便，它代表的是死海，而那些鵝卵石的形狀外觀又剛巧和鑽石的原礦相似。」

夏登道：「你的意思是，她是預先做好景觀的？」

強生上校由衷表示：「我一點也不信，完全不信。莉迪亞為什麼要拿那些鑽石？」

「啊，說到這點嘛……」夏登慢吞吞地說。

白羅趕緊插話說：「有個可能的答案：她拿鑽石是為了讓人誤以為這是本謀殺案的動機。也就是說，雖然她自己沒動手，卻知道老先生會被殺。」

強生皺皺眉。

「這太牽強了，你把她說成謀殺的幫凶了。但她會是誰的同謀呢？只可能是她老公啊。可是我們都知道，艾菲德與謀殺毫無關係，這樣所有的推測就全都落空了。」

夏登一邊沉思一邊用手摩挲著下巴。

「對，」他說，「沒錯。鑽石若是莉迪亞拿的——這個假設非同小可——一定也只是單純的盜竊而已。沒錯，她是有可能為此特別準備了那座景觀來藏匿贓物，等風聲過去後再說。另一種可能則是此事純屬巧合，景觀中剛好有和鑽石相似的鵝卵石，那個竊賊——無論是誰——覺得它是個理想的藏匿處。」

白羅表示：「很有可能。我一向不排斥接受巧合。」

夏登主任懷疑地搖搖頭。

白羅說：「你覺得呢，夏登主任？」

夏登主任慎重表示：「莉迪亞是位正派的女士，不像是會捲進這種勾當的人。不過說真的，誰也料不準這種事。」

強生上校懊惱地說：「反正啊，不管那鑽石是怎麼回事，她絕不會和凶殺有關就對了。案發時管家看見她在客廳裡，你記得嗎，白羅？」

白羅說：「這點我沒忘。」

強生署長轉向他的下屬。

「我們最好繼續說下去。你有什麼要報告的？有什麼新的情況？」

「是的，長官，我得到了一些新的情報。首先……賀伯，他之所以怕警察是有原因的。」

「盜竊嗎？」

「不，長官。他曾向人威脅詐財，變相勒索，由於罪證不足，所以被無罪釋放了，不過我想他並非清白。由於作賊心虛，昨晚當泰西里提到警察時，他可能以為我們在追查他，所以才緊張起來。」

警政署長說：「哦！關於賀伯的事就說到這兒吧。還有別的嗎？」

夏登咳了一下。「呃……喬治夫人，瑪格琳，長官。我們得到一條關於她婚前生活的線索，當時她和海軍中校瓊斯同住，中校對外宣稱瑪格琳是他女兒，但她其實不是。李邑這老頭料準了她這個人，女人的事，他一向精明，一看就知道她不是良家婦女，因此樂得向她開砲，轟她個焦頭爛額！」

強生上校若有所思地說：「這樣瑪格琳除了錢以外，就又有另一個動機了。也許她以為老先生清楚她的事，並且要把她的祕密洩漏給她丈夫。她說她在打電話，簡直胡說，她根本沒打過電話。」

夏登建議說：「何不把他們一起請來，把打電話的事直接挑明了說，看能得到什麼？」

強生上校表示：「好主意。」

他按按鈴，泰西里來了。

「請喬治先生和夫人到這兒來。」

「好的，先生。」

老管家剛轉過身時，白羅說了：「牆上日曆的日期，自案發後，就一直如此嗎？」

泰西里轉過身。

「哪本日曆，先生？」

「對面牆上的那本。」

三個人坐在艾菲德以前的小會客室裡，白羅口中的日曆，是一本撕頁式的大日曆，每張紙頁上有個粗體日期。

泰西里望向房間另一頭，然後步履蹣跚越過房間，來到距日曆一兩呎的地方。

他說：「對不起，先生，日曆被撕掉了。今天是十二月二十六日。」

「啊，對不起。會是誰撕的呢？」

「是艾菲德先生撕的，他每天早晨都會做這件事，艾菲德先生做事很有條理。」

「我明白了，謝謝你。」

泰西里出去了。夏登大惑不解地問道：「那日曆有什麼蹊蹺嗎，白羅先生？我漏掉什麼東西了嗎？」

白羅聳聳肩說：「日曆沒什麼要緊，我剛才只是在做一個小小的實驗。」

強生上校說：「明天要驗屍，當然了，最後一定會休會延期。」

夏登說：「是的，長官，我見過驗屍官了，一切都安排好了。」

§

喬治・李邑走進房間，他的妻子陪在一旁。

強生上校道：「早安。請坐，好嗎？有幾個問題我想問問你們兩人，一些我還不太明白的事情。」

「我會盡力幫忙。」喬治的樣子有些誇張。

瑪格琳敷衍了事地說：「當然。」

強生署長朝夏登微微點頭，後者表示：「是關於案發當晚打電話的事。你說，你打電話到威斯林罕去是吧，李邑先生？」

喬治冷冷地說：「是的，我打電話給我選區的代表人，你可以去找他，而且……」

夏登主任舉起手，制止他滔滔不絕地往下說。

「是，是，李邑先生，我們不是要討論這點。電話是在八點五十九分接通的吧。」

「嗯，我，呃，確切時間我說不上來。」

「啊，」夏登說，「但我們可以！我們對這種事總是查得很仔細，確實非常仔細。那通電話是八點五十九分接通的，並且於九點零四分結束。老先生大約於九點十五分遇害，我必須再次請你解釋一下當時的行蹤。」

「我告訴過你了，我當時正在打電話！」

「不，李邑先生，你沒有。」

「胡說，你一定弄錯了！嗯，我也許，可能，剛打完電話……我正在掙扎要不要再打一個電話……正在考慮是否，呃，值得花那筆錢。」

「你不會為了要不要打電話而考慮十分鐘吧。」

喬治醬紫了臉，氣急敗壞地說：「你是什麼意思？你到底是什麼意思？太無禮了！你在懷疑我的話嗎？懷疑我這種地位的人說的話嗎？我……呃，我為什麼必須交代我每一分鐘的行蹤啊？」

夏登主任的冷靜令白羅都甘拜下風。

「這是例行程序。」

喬治怒氣沖沖地轉向警政署長。

「強生上校，你鼓勵這種……這種前所未聞的態度嗎？」

警政署長回答得很乾脆。

「李邑先生，在偵查謀殺案時，這些問題是必須問、也必須回答的。」

「我已經回答啦！我打完電話後正在……呃，考慮打另一通電話。」

「樓上響起尖叫聲時，你就在這個房間裡嗎？」

「是的……對，我是在這房間裡。」

強生轉向瑪格琳。

「李邑夫人。」他說，「你說聽到尖叫時，你正在打電話，而且你那時候是一個人在這個房間的，對吧？」

瑪格琳慌了，她屏住呼吸，看看旁邊的喬治，又看看夏登，接著又哀求地看著強生上校。她說：「噢，真的嗎？我不知道……我不記得我說了些什麼……我是那麼的心慌……」

夏登表示：「你說的話我們都寫下來了。」

她嘴唇發顫，楚楚可憐的望向夏登，可惜夏登不吃這一套，硬是以鐵面相向。

瑪格琳不確定地說：「我……我……真的打了電話，只是不能肯定是什麼時候……」

她停住了。

喬治說：「這是怎麼回事？你從哪裡打的電話？不是在這兒吧。」

夏登主任說：「我認為，夫人根本沒有打過電話。若是如此，當時你在哪兒，又在做些什麼？」

瑪格琳心慌意亂地看看周圍，突然大哭起來。她抽泣道：「喬治，別讓他們欺負我呀！你也知道，如果有人嚇唬我、大聲地問我，我就什麼也記不起來了！我……我不知道那天晚上我說了些什麼。一切都那麼可怕，而我又好難過，他們對我又那麼惡劣……」

她跳起來，哭著衝出房間。

喬治迅速地站起身咆哮：「你們這是什麼意思！竟然把我太太嚇成這樣！她是非常敏感的。這實在太可恥了！我要在國會上質詢警方這種霸道欺壓的做法。真是太可恥了！」

他大步走出房間，重重將門關上。

夏登仰頭大笑。

他說：「終於露出馬腳了吧！現在我們明白了！」

強生上校皺著眉頭。

「幹得好！他們兩個看起來有鬼，我們一定得進一步偵訊瑪格琳。」

夏登輕鬆地說：「噢！等她決定好怎麼說之後，一兩分鐘內就會回來的。對吧，白羅先生？」

白羅如夢初醒，吃了一驚。

「對不起，你說什麼？」

「我說她會回來的。」

「也許……對，可能……噢，是的！」

夏登注視著他說：「怎麼回事，白羅先生？你見到鬼啦？」

白羅緩緩說道：「說真的……搞不好我還真見到鬼了。」

強生上校不耐煩地說：「好了，夏登，還有別的嗎？」

夏登答道：「我一直想查清楚每個人到達謀殺現場的時間次序。案發後的過程是如何，這點很清楚。在謀殺後，受害者在垂死前發出呼聲，凶手於是溜之大吉，用鉗子之類的東西將門鎖上。不久，第一個人匆忙抵達現場，遺憾的是，究竟是誰先到就很難查清了，因為在那種情形下，大家的記憶都不會太準確。泰西里說他看見哈利和艾菲德從飯廳出來穿過門廳衝上樓，這樣他們兩個就沒嫌疑了，但反正我們也沒懷疑過他們。目前就我所知，艾托瓦多小姐很晚才抵達……最後才到。大體上來說，法爾、喬治夫人和大衛夫人是最先到達的。他們每個人都說其他人比自己早到，難就難在這兒，你分辨不出哪些是謊言、哪些是記憶上的混淆。所有人都跑去了，這點沒問題，可是要查清楚眾人抵達現場的次序就有點困難了。」

白羅慢慢地說：「你認為這很重要嗎？」

夏登說：「這是時間因素的問題。要知道，當時時間非常短促。」

白羅表示：「我同意你的看法，時間在這個案子中是個很重要的因素。」

夏登接著說：「更糟的是，屋裡有兩道樓梯。主要的那道樓梯在門廳，從那裡到飯廳和客廳是等距離的。而另一道在房子的另一頭。史帝芬．法爾就是從那道樓梯上去的。艾托瓦多小姐是從房子那一頭樓梯頂端的走道過來的，她的房間正好在房子另一頭，其他人說他們是從這一道上去的。」

白羅說：「真的是挺混亂的。」

門開了，瑪格琳匆匆入內。她呼吸緊促，臉頰發紅地走到桌前，悄聲說道：「我先生以為我在休息，我是從我房裡偷溜出來的。強生上校，」她用悲傷的大眼睛無助地望著他說：

「如果我告訴你真相，你會幫我保密，是不是？我是說你沒有必要把一切都公開吧？」

強生上校答道：「李邑夫人，你是指一些和本案無關的事情嗎？」

「是的，完全沒關係，只是一些關於我……我個人的私事。」

警政署長說：「你最好還是坦白說出來吧，李邑夫人，判斷的事就交給我們。」

瑪格琳開口了，眼神遊移不定。

「是的，我願意信任你，我知道我可以，你看起來是這麼和藹可親。是這樣子的，有一個人……」她停住了。

「請繼續說，李邑夫人。」

「昨晚我想打電話給某人，一個男人……我的朋友，但我不想讓喬治知道。我知道是我不對，但事情就是這樣。所以晚餐後，我想喬治會待在飯廳裡，就跑去打電話了。可是等我到了那兒後，卻聽見喬治在打電話，所以只好等著。」

「你是在哪兒等的，夫人？」白羅說。

「在樓梯後一個放外套和其他東西的地方。那兒很黑，我悄悄溜過去，從那裡可以看見喬治從房裡出來。可是他一直沒出來，就在此時，樓上就吵起來了，我公公開始尖叫，我也跟著跑上樓去。」

「所以直到案發時，你先生一直沒離開這個房間囉？」

「是的。」

強生署長表示：「而你自己從九點到九點十五分，則一直在樓梯後面等著？」

「是的，但我不能這麼說呀！他們會想知道我在那裡做什麼。這對我來說是非常非常尷尬的，你真的明白，對吧？」

強生上校冷冰冰地說：「當然很尷尬。」

瑪格琳朝他甜甜一笑。

「能把真相告訴你，我真的鬆了一口氣。你不會告訴我丈夫吧？不，你一定不會的！我可以信任你們，你們所有人。」

她最後那道懇求的眼光，把眾人全涵蓋進去了，然後瑪格琳便匆匆溜出房間。

強生上校深深吸口氣。

「好吧，」他說，「也許真像她說的！這非常有可能，不過另一方面……」

「也可能不是這樣。」夏登總結說，「事情就是如此，我們全不知道。」

§

莉迪亞站在客廳盡頭的窗邊向外凝望，她的身影半掩在厚重的窗簾後。房裡發出的聲響使她吃了一驚，急忙轉過身來。莉迪亞看見赫丘勒．白羅站在門邊。

她說：「你嚇了我一跳，白羅先生。」

「實在對不起，夫人，我走路很輕。」

她說：「我還以為是賀伯呢。」

赫丘勒．白羅點點頭。

「是的，他的步子也很輕，那個人像隻貓，也可以說像個賊一樣。」

白羅停頓片刻，看著莉迪亞。

從她臉上看不出什麼，然而當她開口時，卻微微透著厭惡之意。

「我一直就不喜歡那個人，若能擺脫他，我會很高興。」

「我認為你這麼做是明智的，夫人。」

莉迪亞飛快地看了白羅一眼，說道：「這話怎麼說？你知道什麼對他不利的事嗎？」

白羅說：「他是個蒐集祕密的人，而且會利用這些祕密為自己牟利。」

莉迪亞立即表示：「你認為他知道什麼嗎……關於謀殺的事？」

白羅聳聳肩，說道：「他的步子輕，耳朵長，可能聽見了什麼事情，但沒說出來。」

莉迪亞的話說得很清楚。

「你是說，他也許會試圖勒索我們當中的某個人？」

「有可能，不過我來這兒不是為了說這個。」

「那你要說什麼？」

白羅慢悠悠地說：「我和艾菲德先生談過了，他向我提出一個計畫，但我在決定接不接受之前，希望能先和你商量一下。我剛才看你看得入迷了……你漂亮的針織外衣圖案和深紅色的窗簾相互映襯，實在好看，令人眼光不忍移開。」

莉迪亞不客氣地說：「白羅先生，我們不必浪費時間恭維彼此吧？」

「請原諒，夫人，英國女士幾乎都不懂得穿著。第一天晚上見到你時，你身上所穿的女裝，雖然色彩鮮豔，卻非常高雅宜人。」

莉迪亞不耐煩地說：「你來見我的目的到底是什麼？」

白羅正色道：「是這樣的，夫人。你先生希望我認真查案，要求我留下來，住在這裡，並盡力把事情查個水落石出。」

莉迪亞立刻說道：「那又如何？」

白羅緩緩說：「我想應該先獲得女主人同意，再接受這樣的邀請。」

莉迪亞冷冷地說：「我當然同意外子的邀約。」

「是的，夫人，但我的要求不止這些。你真的希望我住在這兒嗎？」

「有何不可？」

「讓我們直說吧，我要問你的是：你希不希望案情能撥雲見日？」

「當然啦。」

白羅嘆口氣。

「你非得用這些老掉牙的話來答覆我嗎？」

莉迪亞說：「我本來就是個很俗套的女人。」她咬咬唇，接著遲疑地說：「也許直說會比較好。我當然明白你的意思！現在的情況不太樂觀，我公公被殺了，除非能夠證實嫌疑最重的賀伯盜竊並謀殺，可是又似乎無法證明，結果就會變成我公公是被某個家人所殺害。如果將此人繩之以法，李邑家族也將因此蒙羞……老實說，我必須承認自己並不希望看到這種事情。」

白羅說：「你願意讓凶手逍遙法外？」

「世界上很多地方都可能藏著一些不為人知的凶手。」

「這倒是真的。」

「那麼再多一個又何妨？」

白羅說：「那其他家庭成員怎麼辦？那些無辜者呢？」

莉迪亞睜大了眼睛。

「他們怎麼啦？」

「你知道，萬一事情結果如你所願，永遠沒人知道真相，這件事情的陰影就會一直籠罩著所有的人……」

她半信半疑地說：「這點我倒沒想過。」

白羅說：「永遠沒有人知道誰是凶手……」他輕輕地加上一句：「除非你已經知道了，夫人？」

莉迪亞叫出聲來。

「你沒有權利說這種話！這不是真的！噢！如果凶手是陌生人而不是家裡人就好了。」

白羅說：「也許兩者都是。」

莉迪亞盯著他看。

「你什麼意思？」

「也許是家裡的一員，然而同時又是一名陌生人……你不明白我的話？哦，這是我赫丘勒・白羅突發奇想的點子。」

他看著莉迪亞。

「那麼，夫人，我該怎麼回覆李邑先生呢？」

莉迪亞舉起雙手，突然又垂下來，做了個無助的手勢。

她說：「當然了，你必須接受他的邀請。」

§

珮洛兒直挺挺地站在音樂室中央，眼睛四下亂轉，就像一隻唯恐受到襲擊的小動物。

她說：「我想離開這兒！」

史帝芬．法爾溫柔地說：「你不是唯一這麼想的人，但他們不會讓我們走的，親愛的。」

「你是說……警察嗎？」

「是的。」

珮洛兒一本正經地說：「跟警察攪和在一起不會有好事，這種事不該發生在有身分地位的人身上。」

史帝芬帶著一絲笑意說：「你是指你自己嗎？」

珮洛兒說：「不，我是指艾菲德和莉迪亞，還有大衛、喬治、希黛以及……嗯，瑪格琳。」

史帝芬點起一根菸，抽了一兩口後說道：「為什麼有人例外呢？」

「什麼例外？」

史帝芬說：「為什麼把哈利老兄排除在外？」

珮洛兒笑了，露出一排編貝皓齒。

「噢，哈利不一樣嘛！我想他很清楚和警察扯在一起是怎麼回事。」

「也許你說得對。他對這個家來說顯得太特異了，不是很搭調。」

他接著說：「你喜歡你的英國親戚嗎，珮洛兒？」

珮洛兒猶豫不決地說：「他們很好……每個人都是，但他們不愛笑，也不快樂。」

「親愛的，家裡剛發生謀殺案哪！」

「是……的。」珮洛兒懷疑地說。

「謀殺案，」史帝芬開導珮洛兒說，「不是可以讓你無動於衷的平常事。不管西班牙人會怎麼反應，反正英國人對謀殺是很認真的。」

珮洛兒說：「你是在笑我……」

史帝芬表示：「你錯了，我根本沒心情去笑別人。」

珮洛兒看著他說：「因為你也希望能離開這兒？」

「是的。」

「但那個高大英俊的警察是不會讓你走的。」

「我沒問過他，如果我問的話，他一定會說不行。我得謹慎才行，珮洛兒，得非常非常小心。」

「好煩喔。」珮洛兒說道。

「比煩還要糟呢，親愛的，偏又加上那個奇怪的外國人在暗中巡查；我不認為他會辦案，但他實在把我搞得心煩氣躁。」

珮洛兒皺皺眉說：「我外公很有錢，是不是？」

「我想是的。」

「現在他的錢都會給誰呢？給艾菲德和其他人嗎？」

「那得看他遺囑怎麼寫。」

珮洛兒沉思道：「也許他會留點錢給我，不過我想他大概沒有吧。」

史帝芬親切地說：「你不必擔心。畢竟你也是李邑家的人啊，你屬於這兒，他們必須照顧你。」

珮洛兒嘆了口氣。

「我……屬於這兒。真可笑，但其實一點也不好笑。」

「我知道你不會覺得有趣。」

珮洛兒又嘆口氣說：「我們放唱片來跳舞好嗎？」

史帝芬不確定地說：「我看不好吧，家裡正在服喪呢！你這個冷酷無情的西班牙小妞！」

珮洛兒睜大眼，說道：「但我一點也不難過呀！因為我和外公並不怎麼親近，雖說我喜歡跟他聊天，但我可不想因為他死了而哭泣或不開心呀，硬要假裝也太蠢了吧。」

史帝芬說：「我真服了你！」

珮洛兒又鼓動他說：「我們可以把一些襪子和手套放在留聲機上，這樣聲音就不會太大，也就沒人能聽得見啦。」

「好吧，你這個小妖精。」

珮洛兒開心地笑著跑出房間，向房子另一頭的舞廳走去。

當珮洛兒來到通往花園門口的走廊時，不禁停下腳來，史帝芬追上來，也站住了。

赫丘勒．白羅從牆上拿下一幅畫像，藉著露台上的光，正在仔細研究。他抬起頭，看到兩人。

「啊哈！」他說，「你們來得正好。」

珮洛兒說：「你在幹什麼？」

她走過來站在白羅身邊。

白羅鄭重地說：「我正在研究一些非常重要的東西——西蒙．李邑年輕時候的長相。」

「噢，這是我外公嗎？」

「是的，小姐。」

她注視著畫像，緩緩說道：「這麼不一樣……太不一樣了……他後來變得這麼老，皺巴巴的。畫上看起來就像哈利，像哈利再年輕十歲的樣子。」

赫丘勒．白羅點點頭。

「是的，小姐，哈利很像他父親。還有……」他領著珮洛兒在畫廊裡走了一小段路。

「這是李邑夫人，你的外婆……她有一張溫柔的臉、金色頭髮、柔和的藍眼睛。」

珮洛兒說：「像大衛。」

史帝芬說：「和艾菲德也很像。」

白羅說：「遺傳是很有意思的事，李邑先生和他妻子是完全相反的兩種類型。大體說來，李邑家的子女比較像媽媽。你看這兒，小姐。」

白羅指著一名十九歲左右女孩的畫像，畫中人一頭金絲般的頭髮，大大的藍眼睛裡笑意迎人，活脫脫就是她母親的翻版。但女孩身上散發著一股生氣，是她母親柔和的藍眼和溫柔的容貌所欠缺的。

「噢！」珮洛兒說。

一片紅暈浮現在她臉上。

她把手伸向脖子，取出一個掛在金鏈尾端的照片盒。她按了一下釦子，盒子便打開了。

白羅看到了同一張笑臉。

「我媽媽。」珮洛兒說。

白羅點點頭。盒子的另一面是一名男人的頭像，他年輕而英俊，有著黑色的頭髮和深藍的眼睛。

白羅說：「是你父親嗎？」

珮洛兒說：「對，我父親。他長得很帥吧？」

「對，的確很帥。西班牙人很少有藍眼睛的，不是嗎，小姐？」

「還是有啦，只是不常見，通常北部人較多。此外，我奶奶是愛爾蘭人。」

白羅若有所思地說：「那麼你有西班牙、愛爾蘭、英格蘭和一點兒吉普賽的血統。你知道我在想什麼嗎，小姐？有這樣的遺傳，你一定會是個可怕的敵人。」

史帝芬笑著說：「記得你在火車上說的話嗎，珮洛兒？你說你對付仇人的辦法就是割斷他們的喉嚨。啊……」

他停住了，突然間意識到自己話裡的含義。

赫丘勒．白羅很快把話題岔開。他說：「對了，小姐，有件事我得問你一下。我的主任朋友想看你的護照，你知道，這是警方的規定……很愚蠢，很討厭，然而對於一個在英國的外國人來說卻是必要的。就法律上而言，你當然是外國人了。」

珮洛兒揚起了眉毛。

「我的護照？好，我去拿，就在我房裡。」

白羅走在她身旁，一臉歉然地說：「實在很不好意思打擾你。」

兩人來到長廊盡頭，那兒有一段樓梯，珮洛兒跑了上去，白羅跟在後面。

史帝芬也來了，珮洛兒的房間就在樓梯上面。

當她走到門口時，說道：「我去拿給你。」

珮洛兒進去了。白羅和史帝芬在外面等著。

史帝芬懊悔地說：「我怎麼會說那種蠢話，不過我想珮洛兒並沒注意到，你說呢？」

白羅沒回答，他微側著頭，似乎在傾聽什麼。他說：「英國人真是太喜歡呼吸新鮮空氣了，艾托瓦多小姐一定也繼承了這種習性。」

史帝芬瞪著他說：「怎麼說？」

白羅輕聲說：「因為今天雖然很冷——都結霜了，不像昨天那麼溫和晴朗——但艾托瓦多小姐還是把窗子推上去了。這麼喜歡新鮮空氣，真是太令人驚訝了。」

房裡突然傳來了一聲西班牙語的驚叫，接著珮洛兒不安地笑著重新出現在門口。

「啊！」她叫道，「我太呆了，而且還笨手笨腳的。我把小箱子放在窗台上，結果拿得太急，不小心就把護照碰到窗外去了，護照就在下邊的花圃上，我去拿。」

「我去吧。」史帝芬說。

但珮洛兒已飛快地越過他，回頭喊道：「不用了，是我自己不小心弄下去的。你和白羅先生先去客廳吧，我會把護照拿到那兒去。」

史帝芬·法爾似乎想追上去，但白羅輕輕拉住他說：「我們從這邊走吧。」

兩人從二樓的走廊朝房子另一頭走去，一直走到那座主要的樓梯梯頂，然後白羅說：「我們先別下去，如果你願意和我一起到案發的房間，我有點事想問你。」

他們沿著通向老先生房間的走廊走著，行經左手邊一塊壁龕，裡頭擺了兩尊大理石像，只見兩名健壯的少女緊擁著布帳，流露出一種維多利亞風格的不安。

史帝芬·法爾看了雕像一眼，咕噥道：「白天看起來還挺嚇人的！前幾天晚上我從這兒經過時，還以為有三個呢，謝天謝地，只有兩個！」

「現在沒人喜歡這種雕像了。」白羅承認說，「但那時候肯定是花一大筆錢買的。它們在晚上看起來也許會好一點。」

「是啊，只看得見一團白白的影子而已。」

白羅喃喃道：「黑暗中所有的貓都是灰色的！」

他們發現夏登主任在老人的房間裡，他正跪在保險箱旁，用放大鏡仔細檢查著。兩人進房時，夏登抬起頭來。

「的確是用鑰匙開的，」他說，「打開保險箱的人知道密碼，看不到任何別的痕跡。」

白羅走到夏登身邊，將他拉到一旁耳語一番。主任點點頭，離開房間。

白羅轉向史帝芬，他正站在那兒望著老先生常坐的那張椅子，他的眉頭擰在一起，額頭暴出青筋。白羅靜靜地看了他一會兒，然後說道：「你想起什麼了，是嗎？」

史帝芬慢慢地說：「兩天前他還活著，坐在那兒；而現在……」接著，他甩甩頭說道：「對了，白羅先生，你帶我到這兒來想問我什麼？」

「啊，對了。我想，你是那天晚上最早到達現場的人吧？」

「是我嗎？我不記得了。不，我認為有位女士在我之前趕到。」

「哪位女士？」

「某位太太，喬治或大衛的夫人。我知道她們很快就到這兒了。」

「我記得你說過，你沒聽見尖叫聲？」

「印象中沒有，但我記不清了。是有人叫出聲了，但也許是當時在樓下的人吧。」

白羅說：「你沒聽見像這麼刺耳的聲音嗎？」

他仰面朝天，突然發出一聲尖銳的嚎叫。

事情來得太突然，史帝芬嚇得往後一退，差點摔倒。他怒沖沖地說：「天哪，你想把屋裡的人全嚇壞嗎？不，我沒聽見像這樣的聲音！你會把整幢房子裡的人都吵起來，他們會以為又發生謀殺案了！」

白羅一臉喪氣，嘟囔說：「是呀……這樣太可笑了……我們必須馬上離開。」

他匆匆走出房間。莉迪亞和艾菲德在樓梯口向上張望；喬治從書房裡出來，也走了過來。珮洛兒拿著護照也跑來了。

白羅叫道：「沒事，什麼事都沒有，別緊張，我做了一個小小的實驗，就這樣而已。」

艾菲德看起來很惱火，喬治則很氣憤。白羅留下史帝芬去解釋，自己則匆匆沿著走廊溜到房子另一頭去了。

走廊的盡頭，夏登主任悄悄從珮洛兒的房間裡出來，和白羅會合。

「怎麼樣？」白羅問道。

主任搖搖頭。

「一點聲音也沒有。」

夏登用欽佩的眼神看著白羅，白羅點點頭。

§

艾菲德．李邑表示：「那麼你是接受了，白羅先生？」

他顫著手，搗著自己的嘴，柔和的棕色眼睛閃著炯亮而熱烈的光芒，連話都說得有些結巴了。莉迪亞靜靜地站在他身旁，不太放心地看著他。

艾菲德說：「你不知道，你想像不到，這對我來說，有多大的意義……謀殺我父親的凶手一定要找……找到。」

白羅表示：「既然你向我保證，這件事你仔細考慮很久了……是的，我願意接受。但請了解一點，此事不能出爾反爾，我不是狗，不能要我去追捕獵物後，又因為你不想打獵了，硬是將我喚回。」

「當然，當然啦……一切都準備好了，你的臥室已經布置好。只要你願意，想待多久都行……」

白羅鄭重地表示：「不會太久的。」

「呃？這是什麼意思？」

「我說不會太久的。嫌犯的人數不多，因此找出真相也許不需要太長時間。其實，我覺得真相就快大白了。」

艾菲德瞪著他說：「不可能！」

「十分可能，因為所有事實都清楚地指向一個方向，只需排除一些與真相無關的事，排除之後，真相就會水落石出了。」

艾菲德不可置信地說：「你是說你知道了？」

白羅笑道：「噢，對。我知道了。」

艾菲德說：「我父親……我父親……」他別過臉去。

白羅簡短地說：「李邑先生，我還想提出兩個要求。」

艾菲德用低沉的聲音說：「什麼都可以……無論什麼都可以。」

「首先，我想把老先生年輕時的畫像放在你為我安排的臥室裡。」

艾菲德和莉迪亞同時盯著他看。

艾菲德表示：「我父親的畫像……為什麼？」

白羅揮揮手說：「怎麼說呢……那畫像可以給我一些啟示。」

莉迪亞立刻表示：「白羅先生，你是打算用特異功能來解決這個案子嗎？」

「這麼說吧，夫人，我不僅要用肉體的眼睛，而且還要用心靈之眼來看。」

她聳聳肩。

白羅接著說：「其次，我想知道關於令妹夫胡安・艾托瓦多死亡的真相。」

莉迪亞道：「有這個必要嗎？」

「我需要了解所有的真相，夫人。」

艾菲德說：「胡安・艾托瓦多為了一個女人和人起口角，結果在咖啡館把另一個男人殺掉了。」

「胡安是怎麼殺他的？」

艾菲德求助地看著莉迪亞。她平靜地說：「用刀捅的。胡安沒被判下死刑，因為是那個人先激怒他的。他被判了無期徒刑，死在監獄裡。」

「珮洛兒知道她父親的事嗎？」

「我想不知道。」

艾菲德說：「是的，珍妮芙從沒告訴過她。」

「謝謝你。」

莉迪亞表示：「你該不會認為珮洛兒……噢！這太荒謬了！」

白羅說：「李邑先生，你能提供一些關於令弟哈利先生的個人資料嗎？」

「你想知道什麼？」

「我知道他被視為李邑家之恥。為什麼？」

莉迪亞說：「那是很久以前的事了……」

艾菲德的臉因激動而脹紅。

「如果你想知道的話，白羅先生，哈利在支票上偽造我父親的簽名，偷走了一大筆錢，我父親當然沒有提出告訴。哈利一直是個騙子，他在世界各地都惹過麻煩，常常拍電報來要錢幫他紓困。他不斷在監獄裡進進出出，到哪兒都一樣。」

莉迪亞說：「你不見得真的知道這些事，艾菲德。」

艾菲德顫著手，怒氣沖沖地說：「哈利很壞，壞透了！他從來沒有好過！」

白羅表示：「我明白了，所以你們之間已經沒有任何感情了？」

艾菲德說：「他欺騙我父親……很不要臉的欺騙了我父親！」

莉迪亞不耐煩地微微嘆口氣。白羅聽見了，向她投以犀利的一瞥。

她說：「如果能找到鑽石就好了，那樣的話這案子一定能破。」

白羅說：「鑽石已經找到了，夫人。」

「什麼？」

白羅溫和地說：「是在被你稱之為死海的小景觀裡找到的……」

莉迪亞叫出聲來。

「在我的景觀裡？太……太令人驚訝了！」

白羅輕聲說：「可不是嗎，夫人？」

06

十二月二十七日

艾菲德嘆氣道：「比我想像的要好多了！」

他們剛自驗屍審訊返回。

查爾頓是位保守的律師，有一雙謹慎的藍眼睛，他也出席了驗屍審訊，並陪同他們一起回來。他說：「啊，我說過，那些程序純粹是形式而已，他們一定會延期的，好讓警方再蒐集更多證據。」

喬治惱火地說：「太不愉快了，真是太討厭了，落到這種處境實在難堪！我個人相信這件案子是瘋子幹的，誰知道他是怎麼進來的？那個叫夏登的傢伙頑固得跟頭騾子一樣，強生上校應該讓蘇格蘭警場的人來協助辦案，這些地方警察實在不怎麼樣，愚蠢得很。賀伯就是一個例子，聽說他的過去很有問題，但警方卻不理不睬。」

查爾頓律師表示：「我想賀伯在案發當時，有充分的不在場證明，警方接受了。」

「他們為什麼要接受呢？」喬治憤怒地說，「如果我是警方，我會對這種證據持保留態度。罪犯一向擅長為自己提供不在場證明！警方的責任就是推翻罪犯的證據……如果他們知道怎麼做的話。」

「好了，好了，」查爾頓說，「我想，教警方辦案應該不是我們的事吧？他們是一群很能幹的人。」

喬治悲觀地搖搖頭。

「應該向蘇格蘭警場求助。我對那個夏登主任一點也不滿意。他也許是個任勞任怨的人，但絕對算不上有才能。」

查爾頓先生說：「這點恕我無法苟同，夏登是個好人。他不會在人前炫耀自己的能力，但他辦案能力不容小覷。」

莉迪亞表示：「我相信警方已經竭盡全力了。查爾頓先生，要不要喝杯雪利酒？」

查爾頓先生客氣地謝絕了。接著，他清清嗓子，開始宣讀遺囑，所有的家庭成員都被召集了起來。

他饒有興味地讀著，時而在語義較模糊的地方逗留片刻，時而又津津有味地品味著那些法律術語。

查爾頓讀完後，摘下眼鏡擦了擦，又用詢問的眼光看看身邊這些聚在一起的家庭成員。

哈利說道：「這些法律術語很不好懂，能不能把大意說給我們聽？」

「是嗎？」查爾頓先生說，「這已經是很簡單的遺囑了。」

哈利說：「天哪，那複雜的遺囑會是什麼樣子啊？」

查爾頓先生冷冷地瞥了他一眼，算是一種無言的責備。他說：「本遺囑的主要事項很簡單。李邑先生的一半財產歸他兒子艾菲德．李邑先生，剩下的由其他子女平分。」

哈利勉強地笑了笑說：「和以往一樣，艾菲德總是最走運！父親的一半財產歸你！算你好狗運，不是嗎，艾菲德？」

艾菲德脹紅臉，莉迪亞則厲聲說：「艾菲德對父親既忠誠又孝順，他管理他的事業那麼多年，而且一直承擔所有的責任。」

哈利說：「噢，是啊，艾菲德一直是個好孩子。」

艾菲德不客氣地說：「也許你應該覺得自己很幸運，哈利，父親到底還是給你留了點東西！」

哈利仰頭大笑，說道：「如果他從遺書上把我去掉，你會更高興，對吧？你一向很討厭我。」

查爾頓先生咳了一下，他已經習慣這種遺囑宣讀後的尷尬場面了。而且令人遺憾的是，簡直太習慣了，他急著想在這種家庭爭執白熱化前抽身。他嘟囔著：「我想，呃，這就是所有我需要的……呃……」

哈利不客氣地問：「珮洛兒怎麼辦？」

查爾頓先生又咳了一下，這次是帶著歉意。

「呃……遺囑裡沒提到艾托瓦多小姐。」

哈利說：「她不能得到她母親的那一份嗎？」

查爾頓先生解釋說：「艾托瓦多夫人如果還活著，當然會和其他人一樣得到一份，但由於她已經去世了，她那一份就歸回財產中，由你們平分。」

珮洛兒以濃厚的南歐口音緩緩說道：「那麼，我……一無所有了？」

莉迪亞飛快地表示：「親愛的，大家會照顧你的。」

喬治說道：「你可以在艾菲德這兒住下來……呃，艾菲德，行嗎？我們，呃，你是我們的外甥女，照顧你是我們的責任。」

希黛說：「我們隨時歡迎珮洛兒來和我們同住。」

哈利說：「她應該有自己的一份，珍妮芙的那份應該給她。」

查爾頓先生低聲說：「我真的得走了。再見，李邑夫人，要是有什麼我可以做的，請隨時向我諮詢……」

查爾頓飛快地逃走了，根據經驗，他知道一場家庭紛爭勢不可免。

當門關上後，莉迪亞說了：「我同意哈利的看法，我認為珮洛兒有權得到一份遺產。這份遺囑是珍妮芙過世前很多年立下的。」

「胡說，」喬治表示，「這種想法太草率了，也並不合法。莉迪亞，法律就是法律，我們必須遵守。」

瑪格琳說：「當然了，珮洛兒運氣不好，我們也都替她難過，但喬治說得對，法律就是法律。」

莉迪亞站起來，拉起珮洛兒的手。

「親愛的，」她說，「你一定很難過，我們討論這個問題的時候，你能不能先離開一會兒？」

她將女孩領到門邊。

「別擔心，珮洛兒，親愛的，」她說，「這事就交給我吧。」

珮洛兒慢慢地走出房間。莉迪亞在她身後關上門，走了回來。

眾人屏住呼吸，片刻之後，大戰便轟轟烈烈地展開了。

哈利說：「你是個該死的吝嗇鬼，喬治。」

喬治反駁說：「不管怎樣，我至少不是寄生蟲和窩囊廢！」

「你和我一樣是個寄生蟲，這些年來你一直是靠父親養肥的。」

「你好像忘了我位居一個意義重大而艱巨的職位，那就是……」

哈利說：「去死吧，什麼意義重大而艱巨，你只會耍嘴皮子而已！」

瑪格琳尖叫起來。

「你怎麼敢……」

希黛以往平靜的聲音這時候也稍稍提高了，她說：「我們能不能心平氣和地討論這個問題？」

莉迪亞向她投以感激的一瞥。

大衛突然發作了。

「我們非得為了錢這樣惡言相向嗎？」

瑪格琳惡毒地對他說：「高格調固然不錯，但你不會拒絕你的遺產吧？其實你和我們一樣，都想要這筆錢！你這些清高的姿態都只是在裝模作樣罷了！」

大衛強忍著說：「你覺得我應該拒絕這筆遺產，是嗎？我懷疑你……」

希黛立即回道：「你當然不該拒絕。我們非得這麼孩子氣不可嗎？艾菲德，你是一家之主……」

艾菲德好像剛從夢中醒來，他說：「對不起，你們所有人一下吵起來，我……我一時之間弄糊塗了。」

莉迪亞表示：「希黛說得沒錯，我們為什麼非得像貪婪的孩子一樣？讓我們平靜而理智地討論這件事吧，而且……」她飛快地加了一句，「一次討論一件事，艾菲德應該先說，因為他是長兄。你認為呢，艾菲德，我們應該對珮洛兒怎麼辦？」

艾菲德慢慢說道：「她一定得在這兒住下，這是當然的，而且我們會給她一筆生活費，我不認為她有合法權利取得屬於她母親的遺產，她又不是李邑家的人，要知道，她是西班牙人哪。」

「沒有合法權利，是的，」莉迪亞說，「但我認為她有情理上的權利，我是這麼想的，珍妮芙雖然違逆爸爸的意思嫁給西班牙人，但爸爸還是認為她和其他子女一樣享有平等權利。喬治、哈利、大衛和珍妮芙是平均分配財產，珍妮芙去年剛死。爸爸請查爾頓先生來的時候，我相信他是打算在新遺囑裡給珮洛兒一份錢，爸至少會把珍妮芙的那份留給她，很可能還會給得更多哩。要知道，珮洛兒是他唯一的孫女，我想，至少我們可以按爸爸的意願，替他彌補遺囑中的不公。」

艾菲德由衷表示：「說得好，莉迪亞，我錯了，我同意你的說法，珮洛兒應該得到珍妮芙的那一份。」

莉迪亞說：「該你了，哈利。」

哈利說：「我同意，我覺得莉迪亞把問題說得非常好，令我十分欽佩。」

莉迪亞表示：「喬治……」

喬治紅著臉，氣急敗壞地說：「當然不行！這件事太荒唐！給她一個家和一筆充足的治裝費，這對她就夠了！」

「那麼你是拒絕合作了？」艾菲德問。

「沒錯，我拒絕。」

「喬治做得對。」瑪格琳說，「要他跟人家分錢，是很不要臉的做法！更何況喬治還是李邑家唯一成材的兒子，我覺得爸給他留這麼少錢，簡直是種侮辱！」

莉迪亞說：「大衛，你的看法呢？」

大衛含糊不清地說：「噢，我想你是對的。為這種事爭執不休，確實很令人遺憾。」

希黛說：「你說得很對，莉迪亞，這是公不公道的問題！」

哈利看看四周，說道：「好了，這很清楚了。幾個兄弟裡，艾菲德、我和大衛都贊成這個提議；喬治反對。贊成者居多。」

喬治尖聲說：「這不是同不同意的問題。我那一份財產就是我的，我一毛錢也不會拿出來。」

「沒錯，就是這樣。」瑪格琳說。

莉迪亞立刻表示：「你要唱反調是你的事，我們剩下的人會在撥錢時把你那份算進去。」她環視四周，徵求眾人同意，而其他人都點了頭。

哈利表示：「艾菲德拿得最多，他應該出大部分。」

艾菲德說：「你一開始時的公正無私這會兒又跑哪去了？」

希黛正色道：「我們別再吵了！莉迪亞會告訴珮洛兒我們是怎麼決定的。細節方面，大家稍後再確定吧。」她又加上一句，希望能藉此轉移話題。「我想知道法爾先生在哪兒，還有白羅先生。」

艾菲德說：「白羅在我們去驗屍審訊的路途中下車了，他說要去買個重要的東西。」

哈利說：「他為什麼沒參加審訊？他應該去的呀！」

莉迪亞說：「也許他知道不會有什麼重要的事吧。外面花園裡的那個人是誰？夏登主任還是法爾先生？」

兩個女人的努力算是成功了，家庭祕密會議就此結束。

莉迪亞私下對希黛說：「謝謝你，希黛，能夠獲得你的支持真是太好了，你真是善體人意。」

希黛若有所思地說：「錢會讓人這麼苦惱，真是奇怪。」

眾人皆已離去，獨剩她們兩人。

莉迪亞說：「是啊。就算對哈利也是，雖然那是他的建議！而我可憐的艾菲德，他的觀念實在太英國式了……他不喜歡李邑家的錢落到一個西班牙人手裡。」

希黛笑著說：「你覺得我們女人對錢是不是比較冷漠？」

莉迪亞聳了一下她優雅的雙肩。

「嗯，反正那也不真的是我們的錢……不是我們自己的！那就有區別了。」

希黛沉思說道：「珮洛兒是個奇怪的孩子，不知她以後會變成什麼樣子。」

莉迪亞嘆口氣。

「我很高興她就要獨立了。我想讓她住在這兒，但光給她一個家和一筆服裝費，是無法滿足她的。這孩子太驕傲了，而且，我覺得太……太不像英國人了。」她一邊沉思，一邊進一步補充，「我曾經從埃及帶回一些美麗的藍琉璃。琉璃擺在沙灘和陽光下時，有著燦爛奪目的色彩，會發出一種明亮而溫暖的藍。但當我把琉璃拿回來後，那藍色幾乎看不見了，可以說只是一串暗淡無光的珠子。」

希黛說：「是的，我明白了……」

莉迪亞溫柔地說：「我很高興最後認識了你和大衛，我很高興你們倆都回來了。」

希黛嘆道：「過去幾天裡，我是多麼希望我們沒來這兒呀！」

「我知道你一定會這樣想……但你知道，希黛，大衛所受的打擊其實並沒那麼嚴重。我是說，大衛很敏感，原本這段假期可能令他非常難受，但實際上，從案發之後，他好像從來沒這麼好過。」

希黛似乎有些心煩意亂，她說：「原來你已經注意到了？從某種角度來說，那是很可怕的……可是，噢！莉迪亞，真的是很可怕！」

希黛沉默了一會兒，回想大衛前一天晚上說過的話。大衛熱切地對她傾訴，他的金髮自額前甩上去。

「希黛，你記得《托斯卡》[9]中，當斯卡皮亞死去的時候，托斯卡點燃蠟燭照亮他全身，你記得她說『現在我可以原諒他了』嗎？這就是我對父親的感覺。我現在才明白，這些年來我一直無法原諒他，卻又很想寬恕他……但我做不到。如今所有的仇恨全被一筆勾銷，我覺得……噢，我覺得背上的沉重負擔突然卸掉了。」她努力克制突來的懼意說，「那是因為他死了嗎？」

大衛馬上做出回覆，由於急切，而說得不甚流暢。

「不，不，你不明白，不是因為他死了，而是因為我對他那種幼稚而愚蠢的仇恨死去了……」

現在希黛想的正是那些話。

她很想把這些話複述給莉迪亞聽，卻又本能地覺得保持緘默會更明智。

希黛隨著莉迪亞走出客廳，來到門廳裡。

瑪格琳正站在門廳的桌子旁，手裡拿著一個小包裹。看見兩人的時候，瑪格琳驚跳了一下，她說：「噢，這一定是白羅先生買來的重要東西，我剛看見他放在這裡。我想知道裡面是什麼。」

她看看莉迪亞，又看看希黛，咯咯咯地笑著，但她的眼神是銳利而焦慮的，這證實了她那造作的快樂語氣都是裝出來的。

莉迪亞揚了揚眉毛，說道：「我必須在午餐前沖洗一下。」

瑪格琳仍故作嬌嗔，但無法掩飾語氣裡的好奇。

「我只是想偷看一下嘛！」

她掀開外層包裝紙，發出一聲驚嘆，瞪著手裡的東西。

莉迪亞停住腳步，希黛也站住了，兩個女人都目不轉睛地盯住那東西。

瑪格琳大惑不解地說：「一副假鬍子。可是……可是……為什麼？」

希黛不確定地說：「是要化妝嗎？可是……」

9 《托斯卡》（*Tosca*）是義大利作曲家普契尼（Giacomo Puccini, 1858-1924）所寫之歌劇。

莉迪亞替她把話說完。

「可是，白羅先生自己的鬍子就長得很好呀！」

瑪格琳把包裹包回去，說道：「我不明白，這……這簡直瘋了。白羅先生為什麼要買一副假鬍子？」

§

珮洛兒離開客廳後，在門廳裡慢慢走著。史帝芬．法爾從花園門口進來，說道：「怎麼？家庭祕密會議結束了嗎？遺囑宣讀了嗎？」

珮洛兒的呼吸急促起來，她說：「我什麼也沒得到……什麼也沒有！遺囑是好多年前立的。外公把錢留給了我母親，可是因為她死了，所以錢不歸我，要還給他們。」

史帝芬說：「你真夠倒楣的。」

珮洛兒說：「如果老頭子還活著，一定會另立遺囑的，那樣他就會把錢留給我……留大筆錢給我了！說不定以後還會把所有錢全留給我！」

史帝芬笑著說：「那也不算公平，不是嗎？」

「有何不可？他最後一定會最喜歡我，一定是。」

史帝芬說：「你真是個貪心的小孩！一個十足的小交際花。」

珮洛兒認真地說：「這個世界對女人很殘酷，女人得趁年輕的時候為自己打算，不然等到變得又老又醜時，根本沒人會幫我們。」

史帝芬慢吞吞地說：「雖然我不這麼認為，但你說的也對，只是不完全對。比如說，艾菲德就很孝順，儘管那老頭極其挑剔，又很難伺候。」

珮洛兒抬起下巴，說道：「艾菲德是個笨蛋。」

史帝芬笑了。接著他說：「好了，別懊惱了，可愛的珮洛兒。你知道，李邑家的人一定會照顧你。」

珮洛兒悶悶不樂地說：「那有什麼好玩？」

史帝芬緩緩說道：「是啊，只怕不會很好玩，我覺得你不適合住在這兒，珮洛兒。你願意去南非嗎？」

珮洛兒點點頭。

史帝芬說：「那邊陽光燦爛，天高地廣，但也得吃苦，你能吃苦嗎，珮洛兒？」

珮洛兒遲疑地說：「我不知道。」

他說：「你寧可整天坐在陽台上吃糖果，然後長出一身肥油和三層下巴嗎？」

珮洛兒笑了。

史帝芬說：「這還差不多，我逗你笑了。」

珮洛兒表示：「我本來以為這個聖誕節會很開心！我在書上看到英國人的聖誕節都非常快樂，大家吃烤葡萄乾和燒李子布丁。還有一種叫作『聖誕柴』[10]的東西是嗎？」

史帝芬說：「啊，你應該要有個不受命案影響的聖誕節，進來吧，昨天莉迪亞帶我來過這兒，這是她的儲藏室。」

史帝芬領著珮洛兒走進一間比碗櫃大不了多少的小房間。

「你看，珮洛兒，這裡有成箱的花紙炮，還有蜜餞、橘子、椰棗和乾果等等，還有這個……」

「哇！」珮洛兒雙手緊緊交握。「這些小金球和小銀球好漂亮喔。」

「那是要掛在樹上的，和給僕人的禮物放在一起。這邊還有閃著白霜的小雪人，是用來放在餐桌上的，此外還有各種顏色的氣球可以吹哩。」

「哇！」珮洛兒的眼睛閃閃發光。「噢！我們可以吹氣球嗎？莉迪亞不會介意的。我真的很喜歡氣球。」

史帝芬說：「寶貝！你想要哪個？」

珮洛兒說：「我想要紅的。」

兩人各自挑了氣球開始吹，腮幫子鼓得老高，珮洛兒一下子笑了出來，氣球也就癟下去了。

她說：「你看起來好好笑喲，吹得那麼用力，腮幫子都鼓出來了。」

珮洛兒又是一串長笑，接著她重新來過，努力吹著氣球。兩人將吹口仔細繫緊，開始拿著玩，把球輕輕托起來，讓它們飛來飛去。

珮洛兒說：「外面的門廳更寬敞些。」

當白羅從門廳走過時，兩人正笑著將氣球互相傳來傳去。白羅疼惜地看著他們。

「你們在玩遊戲啊？這氣球很漂亮！」

珮洛兒上氣不接下氣地說：「我的是紅的，比他的大，大好多。如果把它拿到外面去，它會一直飛上天。」

「那我們去放氣球，然後許個願吧。」史帝芬說。

「哇，好啊，這是個好主意。」

珮洛兒向花園門口跑去，史帝芬跟在後頭，白羅走在後面，還是一副疼愛的神情。

「我希望會有一大筆錢。」珮洛兒宣布說。

10 聖誕柴指聖誕節前夕焚燒的木柴。

她踮起腳尖，拿著氣球的線，當風掠過時，氣球輕輕搖晃，珮洛兒鬆開手，氣球便飄起來，被風帶走了。

史帝芬笑了。

「你不該把你的願望說出來。」

「不應該？為什麼？」

「因為這樣願望就不會實現了。現在換我許願了。」

他鬆開手上的氣球，可惜運氣欠佳，氣球飄到旁邊，碰上冬青樹叢，爆掉了。

珮洛兒跑過去。

她惋惜地說：「氣球沒了……」

接著，她用腳尖碰著氣球薄軟的橡皮，說道：「這就是我在外公房裡撿到的東西呀，他也有氣球，只不過他的是粉色的。」

白羅發出一聲刺耳的驚嘆。珮洛兒轉過身，想知道發生了什麼事。

白羅說：「沒什麼。我刺到腳指頭了。」

他轉身看著房子，說道：「好多窗子啊！小姐，房子也有它的眼睛，以及耳朵。英國人這麼喜歡開窗子，真是件令人遺憾的事。」

莉迪亞從露台上走過來，說道：「午餐剛準備好了。珮洛兒，我親愛的，你的問題都解決了，非常令人滿意。午飯後艾菲德會向你說明確切的細節。我們進屋子好嗎？」

眾人走進房子，白羅最後一個進來，面色顯得十分凝重。

§

午餐用畢。

當眾人從飯廳出來時，艾菲德對珮洛兒說：「你來我房間一下好嗎？有些事情我想和你好好談談。」

他領著珮洛兒越過門廳，走進他書房，隨後關上門。其他人走進客廳，只有赫丘勒．白羅留在門廳裡，看著書房緊閉的門扉，陷入沉思。

他突然發覺老管家正在他身旁不安地徘徊。

白羅說：「怎麼了，泰西里，有什麼事嗎？」

老人一副憂心忡忡的樣子。他說：「我有事想和李邑先生說，但不想現在去打擾他。」

白羅說：「發生了什麼事？」

泰西里緩緩說道：「一件很奇怪的事……莫名其妙的事。」

「能告訴我嗎？」赫丘勒．白羅表示。

泰西里猶豫了一下，然後說：「好吧，是這樣的，先生。你也許注意過，屋子的大門兩側都放了一座實心砲彈，是很重的大石球。嗯，先生，現在有一個不見了。」

赫丘勒．白羅的眉毛都豎起來了。他說：「什麼時候的事？」

「今天早上還都在那兒呢，先生，我敢發誓。」

「我去看看。」

兩人一起來到大門外。白羅彎腰檢查剩下的那顆石砲。當他直起身的時候，神情變得非常嚴肅。

泰西里顫聲說：「誰會想偷那種東西呢，先生？這沒有意義呀。」

白羅說：「我不希望這樣發展，我一點兒都不希望……」

泰西里焦急地看著他，慢慢說道：「李邑家究竟是怎麼了，先生？自從李邑先生被殺後，這裡好像就和原來不一樣了，我一直覺得像在作夢，把好多東西都弄混了，有時候我真不敢相信自己的眼睛。」

白羅搖搖頭說：「你錯了，你一定要相信自己的眼睛。」

泰西里搖著頭說：「我的視力很差，不像以前看得那麼清楚了，我把東西都搞混了，看人也一樣。我大概太老，不適合擔任這份工作了。」

赫丘勒．白羅拍拍他的肩膀說：「別洩氣。」

「謝謝你，先生。我知道你是好意，可是我真的太老了，老是想到過去的日子，看到過去的臉。自從那晚哈利先生回家後，我就一直看到珍妮芙小姐、大衛和艾菲德少爺年少時的模樣……」

白羅點點頭。

「是的，」他說，「我想也是。你剛才說『自從李邑先生被殺之後』……其實在那之前就開始了，從哈利先生回家後，事情就產生變化了，而且一切都顯得很不真實，是不是這樣？」

管家說：「你說得很對，先生，就是從那時候開始的。哈利先生總是給家裡帶來麻煩，以前就是這樣。」他的目光又落在那個空盪的石座上。「誰會把它拿走呢，先生？」他悄聲說，「而且，為什麼要拿呀？這……這幢房子像是瘋了。」

赫丘勒．白羅說：「我擔心的不是瘋狂，而是理智！泰西里，有人的處境十分危險哪！」

他轉過身，又走回房子。

就在此時，珮洛兒從書房裡跑了出來，雙頰緋紅。她揚著頭，眼睛閃著淚光。

白羅向她走近，卻見她跺著腳說：「我不會接受的。」

白羅抬抬眉說：「你不會接受什麼，小姐？」

珮洛兒說：「艾菲德剛剛告訴我，我可得到外公留給我母親的那份遺產。」

「所以呢？」

「他說，從法律上講我是不能得到的，但他和莉迪亞還有其他人認為，錢應該是我的。他們說這麼做才公道，所以他們要把這筆錢給我。」

白羅又說：「那又怎麼了？」

珮洛兒又跺了一下腳。

「你不明白嗎？他們要把錢給我……把錢送給我。」

「這會傷害你的自尊嗎？他們說得沒錯，你本來就該得到這份遺產啊。」

珮洛兒說：「你不懂啦……」

白羅說：「正好相反……我懂得很。」

「哎呀！」她氣呼呼地轉過臉去。

這時門鈴響了。白羅回頭瞟了一眼，看見夏登主任的身影在門外晃動。他急忙對珮洛兒說：「你要去哪兒？」

她沉著臉說：「去客廳，到其他人那兒去。」

白羅飛快地說：「好，去和他們一起待著，別一個人在房子裡亂逛，尤其是天黑以後。自己要當心，你現在很危險，小姐，但只要過了今天，你就沒事了。」

他轉身離開珮洛兒去跟夏登會合。夏登一直等到泰西里回餐具室去，才把一張電報放在白羅面前。

「拿到了！」他說，「你唸唸看，是南非警方發來的。」

電報裡寫著：

艾本的獨子兩年前亡故。

夏登說：「這一來我們就知道了！真可笑，我完全追錯了方向……」

§

珮洛兒抬著頭，走進客廳。

她直接朝坐在窗邊織毛線的莉迪亞走過去。

珮洛兒說：「莉迪亞，我來告訴你，我不會拿那筆錢的。我要走了，馬上就走……」

莉迪亞一臉驚訝，她放下手裡的毛線，說道：「親愛的，艾菲德一定解釋得非常糟！我們絕不是在施捨，你不要這麼想。真的，我們不是基於什麼仁慈慷慨而這麼做，這只是簡單的對錯問題。在正常情況下，你母親是會繼承這筆錢的，而你也會從她那兒接收，這是你的權利呀……從血緣上來說，你是有這個權利的。這是公道的問題，而不是施捨。」

珮洛兒激動地說：「就是因為這樣我才不能接受……你這樣講，你這個樣子，我怎麼能夠接受！我很高興來這兒，這裡很有意思，這是一次全新的經歷，可是現在全被你毀了！我現在馬上就走，再也不會麻煩你了……」

珮洛兒哽咽地說不下去了，轉身衝出房間。

莉迪亞瞪大眼睛，無助地說：「我一點兒也沒料到她會這樣！」

希黛說：「這孩子好像很難過。」

喬治清清嗓子，自命不凡地說：「呃……就像我今天早上說的，這件事基本上就是錯的。珮洛兒很聰明，看出此事不妥，所以拒絕接受施捨了。」

莉迪亞厲聲說：「這不是施捨，這是她應該享有的權利！」

喬治說：「可惜人家不這麼想！」

夏登主任和白羅走了進來。夏登四下看看說：「法爾先生在哪兒？我有話要跟他說。」

白羅立刻接著問：「艾托瓦多小姐人呢？」

喬治有點幸災樂禍地說：「她馬上就要離開這兒了，她是這麼說的。顯然她已經受不了我們這些英國親戚了。」

白羅轉過身，對夏登說：「走！」

兩個男人才衝進門廳，便聽見重物墜地的聲音和遠處傳來的尖叫。

白羅叫道：「快來……」

他們跑過客廳，奔上盡頭的樓梯。珮洛兒的房門開著，門口站了一個男人。兩人跑上樓時，男人轉過頭來，那人正是史帝芬．法爾。

他說：「她沒事……」

珮洛兒在牆邊蜷縮成一團，瞪著地板上的石砲。

她嚇得連氣都喘不過來，說道：「這東西就架在我的門上，我進來的時候本來會掉下來砸中我的頭部，可是剛巧我的裙子被釘子勾住了，把我往回拉了一下。」

白羅跪下來檢查那根釘子，上面還纏著一絲紫色的花呢線。他抬起頭，嚴肅地點點頭。

「這根釘子救了你的命。」他說。

夏登主任不解地問：「這話是什麼意思？」

珮洛兒說：「有人想殺我！」

她頻頻地點著頭。

夏登主任看了門一眼。

「很拙劣的陷阱！」他說，「根本是老套……而且目的在於殺人！這是本宅的第二樁預謀殺人！但這次沒成功！」

史帝芬．法爾啞聲說：「感謝上帝！還好你沒事。」

珮洛兒求助地張著手。

「天哪，」她叫道，「為什麼有人想殺我？我到底做了什麼？」

赫丘勒．白羅不疾不徐地說：「小姐，你應該這麼問：我到底知道了什麼？」

她瞪大了眼睛。

「知道了什麼？我什麼都不知道呀。」

赫丘勒．白羅表示：「這就是你的不對了。告訴我，珮洛兒小姐，案發時你在哪兒？你不在這個房間裡吧？」

「我在的，我告訴過你了！」

夏登主任柔聲說：「是啊，但你沒說實話。你告訴我們說，你聽見你外祖父的尖叫，如果當時你在這個房間裡是不可能聽見的，白羅先生和我昨天實驗過了。」

「噢！」珮洛兒屏住呼吸。

白羅說：「你在別處，那地方離老先生的房間近多了。我告訴你我認為你在哪兒吧，小姐。你就在放雕像的那個壁龕裡，那兒離你外公的房間很近。」

珮洛兒吃了一驚，說：「噢……你怎麼知道的？」

白羅淡淡一笑說：「法爾先生看見你在那兒了。」

史帝芬立即反駁道：「我沒有！這絕對是個謊言！」

白羅說：「對不起，法爾先生，你確實看見她了。記得嗎？你說你以為壁龕裡有三尊雕像，而不是兩個。那天晚上只有一個人穿白衣服，那就是艾托瓦多小姐，她就是你看見的第三個身影。沒錯吧，小姐？」

珮洛兒遲疑了片刻說：「對，這是真的。」

白羅溫和地說：「小姐，告訴我們所有的真相吧。你為什麼在那兒？」

珮洛兒說：「吃完晚餐後我離開客廳，想去見外公，我想他會很高興。可是當我從走廊那邊轉過來的時候，看見另外有人站在他的房間門口。我不想被人看見，因為我知道外公說過晚上不想再見任何人，所以我就躲進那個凹壁，以防門口的人轉身看見我。

「接著突然間，我聽到可怕的聲音，桌子、椅子……」她揮著手。「所有東西都倒下來撞在一起了。我不知道為什麼我完全沒動，我大概嚇壞了。而就在這時，那可怕的尖叫聲響起來了……」她用右手在胸前畫了個十字。「我的心臟幾乎快停了，我對自己說：『有人死了……』」

「後來呢？」

「後來大家都從走廊那邊跑過來了，最後我就從凹壁裡出來，加入眾人的行列。」

夏登主任接口說：「我們第一次問你的時候，這些事你為何隻字不提？」

珮洛兒搖搖頭，世故地說：「對警察說太多並不好。當時我以為，如果我說我離那兒很近，你會認為人是我殺的，所以我才說我在自己的房裡。」

夏登嚴厲地說：「你故意說謊，反而更容易被懷疑。」

史帝芬．法爾說：「珮洛兒……」

「什麼？」

「你拐進走廊時，看見誰站在門邊了？告訴我們。」

夏登說：「對呀，告訴我們。」

女孩猶豫了一會兒，她瞪大眼睛，然後又瞇起來，慢吞吞地說：「我不知道那是誰，光線太暗了看不清楚，但那是一個女人……」

§

夏登主任四下看著眾人的臉，以前所未有、幾近惱怒的語氣說：「這很不符合常規啊，白羅先生。」

白羅說：「這是我的點子。我希望與各位分享在下的一點心得，然後請大家跟我合作，這樣才能找出事情的真相。」

夏登用低得幾乎聽不見的聲音嘟囔道：「簡直是胡鬧。」

白羅靠在椅背上，說道：「首先，我想你得請法爾先生解釋一下。」

夏登抿緊了嘴。

「我本想私下跟你談的，」他說，「不過，我也不反對這樣做。」他把電報遞給史帝芬・法爾。「現在，法爾先生──你是這麼稱呼自己的──也許你可以解釋一下這個東西？」

史帝芬・法爾接過電報，慢慢地讀出聲來，他抬著眉，然後點了一下頭，把電報還給主任。

「是的，」他說，「我該下地獄去，不是嗎？」

夏登表示：「你只有這些要說嗎？你知道其實你沒有義務做聲明……」

史帝芬打斷夏登說：「你用不著警告我，主任。我看得出你很想知道！是的，我會給你一個解釋，這解釋不是很合理，卻是真的。」

他停了一下，接著開始說：「我不是艾本・法爾的兒子，但我和他們父子都很熟。各位請設身處地地替我想想──順便說一句，我的名字是史帝芬・格蘭特──這是我生平第一次到英國。我很失望，這兒的每樣東西與每個人，看來都是如此單調乏味而缺乏生氣。後來我在火車上遇見一名女孩，我得坦白說，我被這個女孩迷住了！她是這個世界上最可愛的生物，簡直就不該出現在人間！我在火車上和她談了一會兒，那時就決定不能和她失去聯繫。

當我離開車廂時，看見她旅行箱上的標籤……她的名字對我倒無所謂，但她此行的目的地卻對我非常重要。我聽說過戈斯洞莊，也很了解那兒的主人，他曾經是艾本．法爾的合夥人，老艾本經常談起他，多次說到他的性格，於是我想到一個主意，到戈斯洞莊來，冒充艾本的兒子。電報裡說得沒錯，艾本的獨子兩年前死了，但我記得老艾本說，他已經很多年沒有西蒙．李邑的消息了，所以我判定他不會知道艾本兒子的死訊。總之，我覺得值得一試。」

夏登說：「不過，你沒有馬上就試，你在艾斗野的國王旅館住了兩天。」

史帝芬說：「我在考慮……考慮是否要試一下。最後我決心放手去做，這有點像在探險，挺刺激的。嗯，結果成功了！老人友善的問候我，並馬上邀請我在他家住下，我接受了。我的解釋就是這樣了，主任。如果你不信，回想一下自己墜入情網時的情況吧，你不也會縱容自己做些傻事嗎？至於我的真名，是史帝芬．格蘭特。你可以拍電報到南非調查我，不過我要告訴你一點……你會發現我是個很正派的善良公民，絕非騙子或偷珠寶的賊。」

白羅輕聲說：「我從來不認為你是。」

夏登主任謹慎地摸著自己的下巴說：「我是一定會去查的。我想知道的是，案發後，你為什麼不表明真相，反而告訴我們一堆謊言呢？」

史帝芬坦白地說：「因為我是個傻瓜！我自以為可以成功脫身！我認為如果承認自己是冒名而來的，嫌疑就會很大。我若不是一個徹底的白癡，就應該料到你們會打電報到約翰尼斯堡。」

夏登說：「好吧，法爾……呃，格蘭特先生，不是我不相信你的故事，但我們很快就可以證明它是否屬實了。」

他探詢地看著白羅。白羅表示：「我想艾托瓦多小姐也有話要說。」

珮洛兒的臉色變得非常蒼白，呼吸十分急促。

「是真的，我本來永遠不會告訴你們的，然而為了莉迪亞和那些錢，我得把這件事說出來。來這裡招搖撞騙，確實非常好玩，可是當莉迪亞說為了公道，要把那些錢給我時，事情就再也不好玩了。」

艾菲德一頭霧水地說：「我不明白，親愛的，你在說些什麼。」

珮洛兒說：「你們以為我是你們的外甥女珮洛兒．艾托瓦多，對吧？其實不是！我和珮洛兒在西班牙一起坐車時，珮洛兒死了！當時飛來一顆炸彈，炸中了汽車，珮洛兒就給炸死了，而我卻毫髮無傷。我和珮洛兒並不熟，但她告訴我所有關於她的事，像她外公如何派人接她去英國，還有他非常有錢之類的；而我則身無分文，無家可歸。我突然想：『我何不拿珮洛兒的護照到英國去，變成有錢人？』」女孩粲然一笑，說道：「噢，光想到自己要去冒險，就很有意思了！我和照片上的珮洛兒並不像，當警方跟我要護照時，我就打開了窗戶把護照扔下樓，然後跑下去撿，再把一點泥抹在照片上。因為在旅行中，海關的人不會看得很仔細，但這邊的人也許……」

艾菲德怒氣沖沖地說：「你是說你假扮成我父親的外孫女，而且利用了他對你的寵愛？」

珮洛兒點點頭，得意地說：「對，我立刻知道老先生很喜歡我。」

喬治勃然大怒。

「太荒謬了！」他激動地說，「這是詐欺罪第一條！」

哈利表示：「老兄啊，她又沒從你那兒拿過半毛錢！珮洛兒，我挺你，我非常欽佩你的膽量。而且，感謝上天，我不再是你舅舅了！這樣我就不用顧忌什麼了。」

珮洛兒對白羅說：「你知道呀？你什麼時候知道的？」

白羅笑道：「小姐，如果你念過基因學，就會知道兩個藍眼睛的人，不會生出棕色眼睛的小孩。我想，既然你母親是位非常正派而且可敬的女士，那麼，你應該就不會是珮洛兒。當你在護照上搞鬼的時候，我就確定這一點了。你的手法很有創意，可惜不夠細膩。」

夏登主任不悅地說：「整件事都不夠細膩。」

珮洛兒瞪著他說：「我不明白……」

夏登說了：「你只說了其一……但我認為還有其二和更多的事你沒說。」

史帝芬表示：「你放過她吧！」

夏登主任不予理會地接著說：「你說晚餐後你上樓到老先生的房間去，是因為一時心血來潮。依我看，可能還有別的原因吧。偷鑽石的人是你。你碰過鑽石，也許剛好有個機會，趁老先生並未在一邊監看，你便把鑽石偷走了！等他發現鑽石掉了之後，立刻明白只有兩名嫌犯，一是賀伯，也許他打探到了密碼，在夜裡溜進來把鑽石偷了；另一個就是你。李邑先生馬上採取行動，打電話要我過來見他，接著他傳話給你，要你晚餐後立即去見他。你來了，老先生指責你偷鑽石，你大力否認，但他仍不肯就此罷休。我不知道接下來到底發生什麼事，也許他無意中發現你並不是他外孫女，而是個非常聰明的職業小偷。總之，馬腳就要露出來了，於是你用刀砍死老先生，兩人纏鬥時老先生發出一聲尖叫，你匆匆溜出房間，從外邊將門鎖上，然後知道自己無法脫逃，只得趁其他人趕到之前，溜進擺雕像的壁龕裡。」

珮洛兒尖聲喊道：「這不是真的，這不是真的！我沒有偷鑽石！我沒有殺他！我可以對天發誓！」

夏登厲聲說：「那麼會是誰幹的？你說你看見一個人站在李邑先生門外。照你的說法，那人應該就是凶手了。沒有別人經過壁龕了！所謂的門口有人，也只是你的一面之詞，換句話說，這是你編造出來，為自己脫罪的藉口！」

喬治尖聲說：「人一定是她殺的！這還不夠明白嗎？我一直說爸是外人殺的，偏就有人胡說是家裡人幹的，簡直太不符合常情了！」

白羅挪挪身子，說道：「我無法同意你的說法。以西蒙．李邑的性格來說，會遇到這種事很正常。」

「啊？」喬治張大嘴，直盯著白羅。

白羅接著說：「而且，在我看來，他確實是家裡人殺的。西蒙·李邑是被他的親生骨肉所殺，因為凶手有充分的理由。」

喬治叫道：「我們當中的一個？我否認……」

白羅斬釘截鐵地打斷他說：「這裡每個人都有嫌疑。喬治·李邑先生，我們就先從你開始說吧。你一點都不愛你父親！你和他保持良好的關係只是為了錢，老先生遇害當天曾威脅要裁減你的生活費，你知道他的死可能會讓你繼承一筆相當可觀的財產，這就是你的動機。照你的說法，晚飯後你去打電話，你的確也打了電話，但那電話只打了五分鐘，之後你很有可能溜進你父親的房間，和他聊了聊，然後就對他下毒手了。接著你離開房間，把門從外面鎖上，因為你希望這件事被當成搶案。然而你在慌亂中疏忽了一點，你忘了確認窗戶要開著，以便為搶案故布疑陣。這很愚蠢，但請恕我這麼說，你本來就是個很蠢的人！

「不過呢……」白羅停頓片刻，喬治想開口辯解，卻啞口無言，他接著說：「很多笨蛋都是罪犯！」

他把目光轉向瑪格琳。

「夫人也有一個動機。我認為，她負了債，而且你父親說的某些話也許引起她的不安。

她也沒有不在場證明，她說自己去打電話了，但事實上沒打，而且她交代的行蹤，也沒人能證明……

「再來，」他頓了一下。「是大衛先生。我們一再聽到，李邑家人天性愛記仇。大衛沒有忘記，也無法原諒父親對待他母親的方式，老先生最後一次對老夫人的嘲笑，也許超過他的忍耐極限。大衛說他案發時正在彈琴，而他彈的湊巧是〈送葬曲〉，可不可能彈〈送葬曲〉的是別人呢？是某個知道他要去幹什麼，而且會為他的行動作證的人呢？」

希黛平靜地說：「這種說法很無恥。」

白羅轉向希黛。

「我還有話要說呢，夫人，是你親手殺了老先生，是你偷溜上樓，對一個你認為罪無可赦的人，執行公義的裁決。夫人，你是那種在憤怒中會變得很可怕的人……」

希黛說：「我沒殺他。」

夏登主任突然表示：「白羅先生說得很對，除了艾菲德、哈利及艾菲德夫人外，每個人都有嫌疑。」

白羅溫和地說：「即使這三個人也不例外……」

主任抗議說：「噢，別這樣，白羅先生！」

莉迪亞說道：「我有什麼嫌疑，白羅先生？」

她說話時微微笑著，眉毛嘲弄地挑了上去。

白羅欠身致意說：「你的動機，夫人，我就不說了，這已經很明顯。至於其他部分是這樣的：那天晚上你穿了一件連帽的波紋皺絲禮服，花色十分別致。我想提醒你一件事，那就是，管家泰西里是個近視眼，看遠處的物體都覺得暗淡模糊。我再指出一點，你的客廳很大，而且燈罩都很厚。那天晚上，尖叫聲響起前的一兩分鐘，泰西里進客廳收咖啡盤，他以為自己看見你了，你就站在半遮著窗簾的遠處窗邊。」

莉迪亞說：「他的確看見我了。」

白羅接著說：「我倒覺得，泰西里看見的可能是你衣服上的連帽，衣服被安置在窗簾邊，看起來像是你自己站在那兒……」

莉迪亞說：「我是站在那兒呀……」

艾菲德說：「你怎麼能說這種話……」

哈利打斷他。

「讓他說下去，艾菲德，接下來該輪到我們了。艾菲德如何能殺死他摯愛的父親？因為當時我們兩個一起在飯廳裡。」

白羅朝他笑道：「這個呀，很簡單。由死對頭提供的不在場證明，必然有效。你和你哥哥關係很差，這是眾所周知的，你在公共場合嘲笑他，他對你也沒一句好話！可是，假設這些都只是計畫中的一部分，假設艾菲德已厭倦了服侍、討好別人的生活；假設他和你在之前已會過面，你們把計畫安排妥當，你回到家來，艾菲德佯裝反對你回來，嫉妒你、討厭你；你則表現出對他的輕視。接著到了精心策畫的案發當晚，你們其中一人留在飯廳裡自言自語，也許還自導自演大聲爭吵，假裝有兩個人在裡面。另一個人則溜上樓去做案……」

艾菲德一下站起來。

「你這個惡棍！」他含混不清地說。

夏登盯著白羅，說道：「你是說真的嗎……」

白羅的聲音突然一凜。

「我必須向各位說明各種可能性！這些是可能會發生的狀況！我們只能越過表象，直搗內裡，才能判斷其中哪些可能真的發生了……」白羅停下來，然後慢條斯理地說：「我們必須回歸，像我以前說過的，回歸到西蒙．李邑本人的性格特徵上……」

§

奇怪的是，在接下來的那陣沉默裡，所有的憤怒與怨恨都平息了下來。赫丘勒．白羅以他的個人魅力鎮住了所有觀眾。當他開始緩緩說話時，眾人只是一心一意地望著他。

「一切均繫於老先生的性格上，死者本身即是謎團的焦點與核心！我們必須深入探究西蒙・李邑的心靈與思想，看看我們能找到什麼。對於一個生前死後都非一人獨居的人來說，他把自己的所有傳給了他的後代……

「西蒙・李邑留給子女的是什麼？首先，是驕傲……這種驕傲已因他對子女的失望而受挫。接著是他的耐性，我們知道，老先生為了報復坑過他的人，會耐心等待多年。我們發現，遺傳老先生這點特質的，正是外表最不像他的兒子大衛，大衛也能記恨記上很多年。就長相而言，哈利是唯一像他的兒子，仔細看看西蒙・李邑年輕時的畫像，就會發現他們實在非常相像：兩人都有同樣高挺的鷹勾鼻、稜角分明的下巴、頭向後微仰。我想，哈利也遺傳了許多老先生的習性，比如說，仰頭大笑的習慣，還有用手指撫摸下巴的動作。

「以上種種，加上確信本案是由與死者關係極密切的人所下的手，我便從心理學的觀點來研究這個家庭。也就是說，我試圖找出李邑家人當中，有誰從心理角度上來看，可能會犯罪。據我判斷，只有兩個人符合這方面的條件，他們是艾菲德和希黛……大衛的妻子。大衛本人不太可能是凶手，我不認為像他那樣脆弱敏感的人，能夠面對割喉的血腥場面。我也將喬治和他的妻子排除在外，不管他們多想殺了老先生，但他們不具備冒險性格，本質上都是很謹慎的人。我很確信艾菲德夫人不會動粗，她對任何事總是報以嘲諷的態度。哈利，我就有些猶豫了，他當然有其粗魯殘忍的一面，但我也可以認定，哈利看起來雖然粗魯狂妄，骨子裡其實很懦弱。這點我現在知道了，而他父親也抱持這種看法，老先生曾說，哈利並不比其他人傑出。所以，這樣就剩下兩名我剛提到的人了。艾菲德是那種可以無私奉獻的人，多年來他一直按父親的意思而活，無條件地服從他，任憑他支配，在這種情況下，他很有可能會突然崩潰。此外，他或許也對父親心懷恨意，而這種怨恨會在壓抑中逐漸積聚。最安靜最順從的人，當自制力一旦潰散，往往會突然做出最意想不到的暴行。另一個我所考慮的嫌犯是希黛，她是那種有能力親手執法的人，雖然絕非出於自私的動機。這類人不僅做出裁決，而且還會去執行，很多舊約裡的人物就是這種類型，比如說，雅億與猶滴[11]。

「而到目前為止，我檢視本案的種種情況之後，發現的第一個問題是——這問題太明顯了——案發地點的怪象！回憶一下老先生橫死的房間吧。如果你們還記得的話，房裡有張沉重的桌子和一把沉重的椅子都翻倒了，還有一盞燈、陶器、玻璃杯等等。桌椅本身尤其令人不解，它們都是堅實的桃花心木製的，你很難想像虛弱的老先生和凶手之間是怎麼打鬥，才會將這麼結實沉重的家具翻倒。整件事好像不太真實。然而，如果沒有發生打鬥，誰會把現

11 雅億與猶滴（Jael and Judith）是聖經中提及的兩位婦人，雅億殺死前去避難的西西拉，猶滴則潛入敵營割下敵將頭顱，解除了圍城的危機。

場弄成這個樣子？除非老先生是被一個強壯的男人所害，而凶手故意將家具推倒，想讓人誤以為攻擊者是個女人或某個瘦弱的男士。

「但這種推論完全不具說服力，因為家具發出的聲響會惹人注意，凶手難有時間脫身。盡可能無聲無息地割斷西蒙．李邑的咽喉，對任何人來說，一定都是最有利的做法。

「另一個非同尋常之處是從門外轉動的那把鑰匙，這麼做也似乎沒有道理可言，此舉無法證明死者是自殺的，因為命案中沒有任何線索能與自殺相符。它也無法暗示凶手是從窗口逃跑，因為窗子都固定住了，不可能從那兒逃脫！這又一次涉及到時間的問題了，時間對凶手而言，一定非常寶貴。

「還有一件讓人百思不得其解的事。夏登主任給我看了兩樣東西，那是從西蒙．李邑的橡皮防水袋上剪下來的一塊小橡皮和木楔子。這些東西是第一個進入房裡的人從地板上撿起來的。這些東西也沒有任何意義！它們什麼都不是！可是偏偏就在房裡。

「各位，案情變得愈來愈迷離了，沒有條理，沒有邏輯，總之，根本就不合理。

「現在我們遇到更大的問題了：死者曾召喚夏登主任前來，向他報告一件竊案，而且要求主任一個半小時後再回來。為什麼？如果西蒙．李邑懷疑他的外孫女或某個家人，何不在跟嫌犯會面明講時，請夏登主任在樓下等著？家裡有主任坐鎮，他就可以更強硬地向嫌犯施加壓力了。

「因此我們可以發現，不僅凶手的行為異於常情，西蒙．李邑本人的行為也很怪異！

「於是我告訴自己：這件事全弄錯了！為什麼？因為我們從錯誤的角度來解讀，而這正是殺人凶手所希望的……

「有三件事完全沒道理可言：現場的搏鬥、轉動的鑰匙，以及剪下來的橡皮碎片。但是，一定有辦法能夠合理的解釋這三件事！於是我拋開所有，忘掉案情的種種，單純從這些東西的本身意義來思考。打鬥代表什麼？暴力，毀滅，鬧聲……那麼鑰匙呢？為什麼要轉動鑰匙？那樣就沒有人可以進去了。但那樣並沒辦法阻止別人進去，因為門幾乎馬上就被撞開了。是想把某人關在裡面？還是不讓某人進去？那片剪下來的橡皮呢？我對自己說：『一片橡皮就是一片橡皮嘛，沒什麼特別的！』

「你們大概會說，這三件事根本看不出什麼，但這並不十分正確，因為這三件事給我們留下了三個印象：鬧聲，隔離，無意義……

「這三件事和我心目中的兩名嫌犯可有吻合之處？沒有，完全沒有。對艾菲德和希黛兩人而言，悄悄地把老先生做掉，絕對更有利。把時間浪費在從外面將門鎖上，實在太荒謬了，而且那一小片橡皮還是毫無意義！

「然而我有一種非常強烈的感覺，這件案子裡沒有一件東西是奇怪、無意義的……相反地，一切都計畫得非常周密，且精心設置。事實上，計畫成功了！因此，每件發生的事都是刻意的……

「接著我把案情又想過一遍，得到了第一個想法……

「鮮血，這麼多的血，到處都是血……對血的強調，新鮮、溼潤、鮮豔奪目的血……這麼多的血，太多血了……

「第二個想法也隨之而來：這是一件血案，答案就在血裡。殺害西蒙．李邑的，正是他自己的血脈……」

赫丘勒．白羅俯身向前。

「本案最具價值的兩條線索，是兩個人分別在無意中說出來的。第一條是艾菲德夫人引述《馬克白》的對話：『想不到這老頭子身上會有這麼多血』。另一條是管家泰西里的一句話，他說怎麼覺得自己眼花了，而且現在發生的事好像以前都發生過。他會有這種奇怪的感覺，乃肇始於一件微不足道的小事。泰西里聽見門鈴響，便去幫哈利開門，而第二天他又為史帝芬．法爾做了同樣的事。

「為什麼泰西里會有似曾相識的感覺呢？看看哈利．李邑和史帝芬兩人，你們就會明白為什麼了。他們的長相十分相像！這就是為什麼幫史帝芬．法爾開門，感覺就像給哈利開門一樣。搞不好站在門口的，還真是同一個人哩。接下來，就在今天，泰西里提到自己老是把人搞混。這不是很奇怪嗎？史帝芬．法爾有個高挺的鼻子，他有個習慣，笑的時候頭會往後仰，還有一個用食指撫摸下巴的小動作。仔細看看西蒙・李邑年輕時的畫像，你就會發現，不僅哈利像他，連史帝芬・法爾也……」

史帝芬動了一下，椅子發出吱嘎的響聲。

白羅說：「記得西蒙・李邑那次大發雷霆嗎？他破口痛罵家人，說他發誓他一定有比較像樣的私生子。我們再回到老先生的性格特質，西蒙・李邑追女人很有一套，這點很令老夫人心碎！西蒙・李邑曾向珮洛兒吹噓，他那些年紀相仿的兒子們也許都可以組成一個防衛隊了！於是我據此得出結論：西蒙・李邑不僅有合法的婚生子女，外頭還有一名他不知道而且未曾相認的親兒子。」

史帝芬站了起來。

白羅說：「這才是你來這兒的真正原因，不是嗎？並不是因為你愛上了火車上偶遇的女孩！你在遇見她之前，就打算來這兒了，你想看看你父親是個什麼樣的人……」

史帝芬的臉色霎時變得慘白，他張開口，啞聲而時斷時續地說道：「是的，我一直想知道……母親有時候會提到他。那種念頭漸漸愈演愈烈，我想看看他是什麼樣的人！我賺了點錢，來到英格蘭，我不打算讓他知道我是誰，所以假裝是老艾本的兒子。我到這兒只有一個目的：來看看我父親是個什麼樣的男人……」

夏登主任悄聲說：「天哪，我簡直瞎了眼……現在我看出來了。我有兩次都把你誤認成哈利，接著就發現自己錯了，但我從未往這上面去想！」

他轉向珮洛兒。

「就是這麼回事，不是嗎？你看見站在門外的那個人是史帝芬．法爾吧？我記得當你說那是個女人之前，遲疑了一下，還看了看他。你看見的是法爾，但你不願把他供出來。」

此時傳來一陣輕柔的衣物摩擦聲。希黛低沉的聲音響了起來。

「不，」她說，「你錯了，珮洛兒看見的是我……」

白羅說：「是你嗎，夫人？是的，我也這麼認為……」

希黛靜靜說道：「自我保護是件很奇怪的事。我也不願相信自己竟會如此膽小，只因為害怕就保持沉默！」

白羅說：「你現在願意告訴我們了嗎？」

她點點頭。

「我和大衛在音樂室裡，他正在彈琴，而且情緒十分異常，令我有點害怕，而且我覺得自己責任重大，因為是我堅持要來這兒的。大衛開始彈奏〈送葬曲〉，於是我斷然決定，不管別人怎麼想，我們兩人得馬上離開，當晚就走。我悄悄溜出音樂室走上樓，我想去見我公公，向他直接表明我們何以要走。我經過走廊，來到他房間，敲了門，沒有任何回答；我又敲得更響，還是沒有回答。接著我試了一下門把，門是鎖上的。正當我站在那裡猶豫不決的時候，我聽見房裡傳來聲音……」

她停了下來。

「你們也許不信，但這是真的！有人在裡面……攻擊老先生。我先是聽見桌椅翻倒，還有玻璃瓷器的碎裂聲，接著聽見最後那聲可怕的尖叫漸漸消失，然後就是一片寂靜。我癱在原地動彈不得！這時法爾先生就從走廊那邊跑過來了，瑪格琳和其他人也都過來了。法爾先生和哈利開始撞門，門倒下了，大夥看見房裡除了倒在血泊中的老先生外，空無一人。」她提高聲音叫道：「裡面沒有別的人……一個也沒有，你們明白嗎？而且沒有人從房裡出來過……」

§

夏登主任深深吸了口氣，說道：「若不是我瘋了，就是大家全瘋了！李邑夫人，你的話根本不可能嘛，簡直太瘋狂了！」

希黛叫道：「我告訴你，我聽見他們在裡頭搏鬥，我還聽見老人喉嚨被割開時的尖叫，可是沒有人從房裡出來，而房裡也沒有人在！」

赫丘勒・白羅說：「然而這段時間以來，你一個字都沒說。」

希黛雪白著臉，卻仍鎮定地表示：「是的，因為如果我告訴你們發生了什麼事，你們只會說——或是只想到一件事——凶手就是我……」

白羅搖搖頭。

「不，」他說，「你沒殺他，是他兒子殺的。」

史帝芬．法爾說：「我在上帝面前發誓，我從沒碰過他！」

「不是你，」白羅說，「他還有別的兒子！」

哈利說：「你他媽的……」

喬治瞪大了眼睛，大衛用手蒙住眼，艾菲德則眨眨眼睛。

白羅說：「我到這兒的第一個晚上，也就是案發當晚，看見了一個幽靈，那是死者的幽靈。當我第一眼看見哈利時，我愣住了，我覺得以前見過他。後來我仔細觀察他的相貌，發現他與老先生是如此神似，我告訴自己，這就是我有那種似曾相識之感的原因。

「可是昨天，當一名坐我對面的男人仰頭大笑時，我才明白哈利讓我想到了誰。因此，我又追溯到另一張臉孔，另一張死者的臉。

「難怪可憐的老泰西里會被弄糊塗，他幫過三名——不是兩名——彼此神似的男人開過門，要不搞混也很難；屋裡有三個男人，從稍遠處看去都非常相像，也無怪乎泰西里會覺得自己愈老愈迷糊！一樣的體格，一樣的姿勢，尤其是撫摸下巴、仰頭大笑的小習慣，還有同樣特殊的高鼻子。然而他們之間的相似處並不那麼容易察覺，因為第三個男人留了鬍子。」

他向前傾著身子。「人們有時會忘記，警察也是男人，他們也有妻子、孩子、母親，」白羅停頓了一下。「以及父親……記得西蒙．李邑在本地的名聲吧？他是一個和女人糾纏不清而令老婆心碎的男人。私生子也會繼承很多特質，他們會繼承父親的相貌，甚至習慣動作，會繼承父親的驕傲、耐心和報仇的精神！」

白羅提高聲音說：「夏登，在你一生當中，始終憎恨父親所犯的錯誤。我認為你老早就決定要殺他了。你來自鄰郡，而非外地。你母親若善用西蒙．李邑給她的錢，絕對可以找到一個丈夫來做孩子的父親。你輕易地進入米德郡警隊，等待機會。而且主任擁有絕佳的機會謀殺並脫逃。」

夏登的臉慘白如紙。他說：「你瘋了！老頭子被殺的時候我在房子外面哪。」

白羅搖搖頭。

「不，你在第一次離開前就殺了他，你離開後，沒人見過他還活著。這對你是很容易的。西蒙．李邑在等候你，是的，但他從沒叫你來，是你給他打的電話，你含糊不清地提到一件未遂的竊案，說你會在當晚八點前來訪，而且假裝是為警方做慈善募捐而來。西蒙．李邑不疑有他，他不知道你是他兒子。後來你到了，並且編了一則假鑽石的故事。老先生打開保險箱，讓你看看鑽石還安全地放在裡面。你表示歉意，和他一同回到壁爐邊，隨即突然抓住他，用手摀住他的嘴，割斷他喉嚨，這樣他就叫不出聲來了。對於像你這樣強壯的男人來說，殺他簡直不費吹灰之力。

「接著你開始布置現場，拿走鑽石，把桌椅、燈、玻璃杯都堆起來，用你帶來的一根細繩或線，將它們纏繞起來。你帶了一瓶動物的鮮血，在裡面加了檸檬酸鈉，把血灑得到處都是，又在西蒙・李邑傷口上的血加了些檸檬酸鈉，然後生火讓屍體保持溫度。接著你把線的兩頭從窗口的窄縫中塞出去，讓它們沿牆垂下。你離開房間，並且從外頭將門鎖上，這是很重要的，因為現場情況絕不容許有人偶然走進房裡。

「接著你走出去，把鑽石藏在花園的小景觀裡。萬一鑽石在那裡被發現，只會使李邑家的人嫌疑更重，那就正中你的下懷。接近九點十五分時，你走回窗下牆邊拉動那根繩索，精心堆放的那堆東西，應聲嘩啦啦倒成一團。你拉住線頭，將繩索纏到身上，外面套上背心和外套。你還有一個手段！」

白羅轉向其他人。

「各位記得你們是如何以不同的方式來形容老先生垂死前的尖叫聲？艾菲德形容那是在極痛苦中的人所發出的喊叫。莉迪亞和大衛的說法一樣……像來自地獄裡的幽魂。大衛夫人的說法則正好相反，說那是個沒有靈魂的人發出的叫聲，她說那是非人的，像一頭野獸。哈利的說法最貼近真相，他說聲音聽起來像殺豬。

「各位知道市集裡賣的，那種上面畫了豬頭、叫作『垂死豬』的粉色長氣球嗎？當裡面的空氣噴出來時，氣球會發出類似野獸哀嚎的聲音。這個，夏登，就是你的最後一招。你把一個氣球放在房間裡，吹口用小塞子堵住，但這個塞子也是繫在繩上的。當你拉動繩索時，塞子被拔開了，『豬』便開始放氣。因此除了家具翻倒的聲音外，還響起了『垂死豬』的尖叫。」

他再次轉向其他人。

「現在諸位明白珮洛兒撿起來的是什麼了吧？夏登想趕在被人發現之前，把那一小片橡皮取回來。不過他還是很快地以公務之由，從珮洛兒那邊要了過來。只是別忘了，他從未對任何人提起這件事。這種做法本身就很可疑。我從瑪格琳口中聽到此事，跑去問他，夏登似乎早有準備。他從老先生的橡皮防水袋上剪了一小片，和一小塊木楔子一起拿出來。表面上它們符合描述，我當時也以為這兩件東西真的毫無意義！可是我太傻了，竟然沒有馬上想到：既然毫無意義，它們就不可能出現在現場，所以是夏登主任在撒謊……我愚蠢地繼續尋找解釋，直到艾托瓦多小姐在玩氣球時，氣球爆開，她叫說她在西蒙．李邑房中撿到的，一定就是爆開的氣球碎片，這時候我才發覺真相。

「現在各位明白所有的事都環環相扣了吧？其實現場不可能發生搏鬥，所以才須假造死亡的時間；門上了鎖，才不會有人太早發現屍體；還有死者的尖叫。犯罪手法現在變得很有邏輯，而且很合理了。

「然而自從珮洛兒喊說她撿到的是氣球碎片後，她便對凶手構成威脅了。如果凶手在房子裡聽見她這番話（這是很可能的，因為她的聲音又高又清晰，而且窗戶全開著），珮洛兒就很危險了。有一次，她幾乎讓凶手現出原形。珮洛兒在談到李邑老先生時說：『他年輕時一定長得很帥。』而且還直接對夏登說了一句：『就像你一樣。』珮洛兒只是在打比方，但夏登知道真相，無怪乎他當時臉都發紫了，幾乎說不出話來。這句話來得太意外，也太危險了。在那之後，夏登亟欲把罪名栽到珮洛兒頭上，但事實證明，這比他預料的困難得多。因為，這位得不到老人遺產的外孫女，顯然沒有犯罪動機。後來，夏登無意中聽見珮洛兒嚷嚷氣球的事，便決定鋌而走險。他趁眾人吃午餐之際，設下了陷阱。幸運的是，也可以說是奇蹟吧，夏登的詭計失敗了……」

一片死寂後，夏登靜靜問道：「你是什麼時候確定的？」

白羅說：「我一直不太有把握，直到我帶回一副假鬍子，放在西蒙．李邑的畫像上時，才發現……在畫像中看著我的，正是你的臉。」

夏登說：「願他的靈魂在地獄裡發爛！我很高興我殺了他！」

07 十二月二十八日

莉迪亞說道：「珮洛兒，我認為你最好先和我們同住，等我們把你以後的生活安排妥當再說。」

珮洛兒溫順地說：「你真是太好了，莉迪亞。你心地真好，好容易就原諒別人，而且不會借題發揮。」

莉迪亞笑著說：「我還在叫你珮洛兒呢，我想你應該叫別的名字吧。」

「是的，其實我叫康姬塔．羅佩茲。」

「康姬塔也是個好名字。」

「你簡直太好了，莉迪亞。不過你不必為我操心，我就要嫁給史帝芬了，而且我們要去南非。」

莉迪亞笑著說：「啊，這個結局太完美了。」

珮洛兒怯生生地說道：「既然你這麼好心，莉迪亞，你覺得我們偶爾回來和你聚一聚好嗎？也許一起過聖誕節。到時候我們可以放放鞭炮、吃烤葡萄乾，在樹上掛一些閃閃發光的飾品和小雪人？」

「當然啦，你可以來過一個真正的英式聖誕節。」

「太好了！你知道，莉迪亞，我覺得今年這個聖誕節一點兒都不平安。」

莉迪亞屏住氣，說道：「沒錯，這個聖誕節，一點也不平安……」

§

哈利說：「好吧，再見了，艾菲德。我不會常來煩你啦，我要去夏威夷了，我一直希望有錢之後，能到那兒定居。」

艾菲德說：「再見了，哈利。你一定能過得開心，但願如此。」

哈利頗為尷尬地說：「對不起，我總是惹你生氣，老哥。我就是愛跟人亂開玩笑。」

艾菲德勉強說道：「我想我也該學著讓人開得起玩笑。」

哈利鬆了口氣說：「那麼，再見了。」

§

艾菲德說：「大衛，莉迪亞和我決定賣掉這個地方。我想，也許你會想要一些母親的東西——她的椅子和那個腳凳。媽一向最疼你。」

大衛遲疑了一會兒，接著緩緩說道：「謝謝你能想到這些，艾菲德。不過你知道嗎，我並不想要。我不想從這房子拿走任何東西。我覺得我最好還是和過去一刀兩斷。」

艾菲德說：「是的，我明白，也許你是對的。」

§

喬治說：「好了，再見，艾菲德，再見，莉迪亞。這幾天我們是怎麼熬過來的啊！接下來還得開庭哩，我想整件醜聞勢必會傳開，大家都會知道夏登是……呃，我父親的兒子。不能有人去安排一下，建議夏登改口說，他殺人的動機是出自於他是激進的共產主義份子，痛恨父親這個資本家，或找點諸如此類的藉口嗎？這樣應該會比較妥當吧？」

莉迪亞說：「親愛的喬治，你真的認為，像夏登那種人會為了安撫我們而說謊嗎？」

「呃，大概不會。我明白你的意思，總之，那傢伙一定是瘋了。好吧，再見了。」

瑪格琳說：「再見。明年我們一起去里維拉或其他地方過聖誕吧，大家好好開心一下。」

喬治說：「那得看要花多少錢。」

瑪格琳說：「親愛的，你就別這麼摳了。」

§

艾菲德走到露台上，莉迪亞正彎身探看一個石槽，看見艾菲德，莉迪亞直起身來。

艾菲德嘆口氣說道：「啊，他們都走了。」

莉迪亞說：「是啊，真好！」

「對，非常好。」艾菲德說，「你一定很高興能離開這兒。」

她問道：「你很在乎嗎？」

「不，我也感到很高興，我們有那麼多有趣的事可以一起做，繼續住在這兒只會讓人不斷想起那場噩夢。感謝上帝，一切都結束了！」

莉迪亞說：「感謝赫丘勒．白羅。」

「是啊。你知道嗎，他實在太厲害了，當他解釋時，一切就都很自然地對上了。」

「我知道，就像在完成複雜的拼圖遊戲時，那些原本怎麼放都不對的小圖片，都自然而然地找到了自己的位置。」

艾菲德說：「還有一小件事我一直沒對上，喬治打完電話後幹什麼去了？他為什麼不願意說呢？」

「你不知道？我倒是知道。他跑去看你寫字檯上的文件。」

「噢！不，莉迪亞，怎麼會有人幹這種事！」

「喬治就會，他對錢的事好奇極了，不過他當然不會這麼說。如果他坦白承認的話，豈不是太難堪了。」

艾菲德說：「你在做另一個小景觀嗎？」

「是的。」

「這一次是什麼？」

「我想試做伊甸園，」莉迪亞表示，「一個新的版本。沒有蛇，而且亞當和夏娃都已經是中年人了。」

艾菲德溫柔地說：「親愛的莉迪亞，這些年來你一直這麼的包容忍讓！你對我實在是太好了。」

莉迪亞說：「艾菲德，那是因為我愛你呀……」

§

「上帝保佑我！」強生上校說，「真的！」他又說了一遍。「上帝保佑我！」

強生靠在椅背上，瞪著白羅，傷心地說：「我最幹練的手下！這些警察到底都怎麼啦？」

白羅說：「就算警察也有自己的祕密啊！夏登是個非常驕傲的人。」

強生上校搖搖頭。他踢了踢壁爐裡的木柴，發洩心中的不痛快。他突然表示：「我就說嘛，沒有什麼比得上壁爐裡的柴火。」

赫丘勒．白羅感覺到脖子後的陣陣冷風，心中暗想：「對我來說，還是沒有什麼比得上中央暖氣設備……」

專文推薦

藏在日常細節中的冒險

楊照（作家）

一開始，就都在那裡了。

一九二〇年，阿嘉莎・克莉絲蒂出版了《史岱爾莊謀殺案》，神探白羅就已經退休了。而且在這個案子裡，藉由敘述者海斯汀的轉述，就鋪陳出克莉絲蒂小說最基本的偵探原則：

「那些看來或許無關緊要的小細節……它們才是重要的關鍵，它們才是偉大的線索！」

「豐富的想像力就像洪水一樣，既能載舟亦能覆舟，而且，最簡單直接的解釋，往往就是最可能的答案。」

「沒有任何謀殺行為是沒有動機的。」

還有，一個不討人喜歡的死者，一群各有理由不喜歡死者、因而也就都有殺人動機的人，這些人彼此之間構成複雜的關係，有的互相仇視，有的互相愛戀，麻煩的是，有些愛人其實貌合神離，有些仇人其實私下愛慕；更麻煩的是，不論是愛或是仇，都有可能是扮演出來的。

一個外來的偵探必須周旋在這些嫌疑者之間，從他們口中獲取對於案情的了解，換句話說，他必須在很短的時間內，搞清楚誰是誰、誰跟誰吵架、誰跟誰偷情，然後判斷誰說的哪一句是實話、哪一句是謊言。常常謊言比實話對於破案更有幫助。

再偷偷透露一下，如果要和小說裡的凶手及小說背後的作者鬥智，就像克莉絲蒂對英國社會的了解，祕訣就在於要去追究小說裡的人物背景，尤其是他們的階級地位。基本上，階級地位愈高、權力愈大、愈有錢者，說的話就愈不要相信。例如在《史岱爾莊謀殺案》中，僕人、園丁說的話遠比有頭有臉的人說的要可信多了。就算要說謊，他們的謊言也比較天真，而且往往出於善良動機。當你歸納線索時，就會知道他們並非故意說謊，那是因為他們的認知受到蒙蔽或誤導，而你慢慢就從這蒙蔽或誤導中被引導到真相。

《史岱爾莊謀殺案》出版那年，克莉絲蒂三十歲，但書稿其實早在五年前就寫好了，畢竟要找到有人願意出版一個看來再平凡不過的家庭主婦寫的小說，並不是那麼容易。

所有和克莉絲蒂接觸過的人，都對於她的「正常」留下深刻印象。她看起來就和她那個年紀的典型英國家庭主婦一樣，害羞、靦腆，只能在社交場合勉強跟人聊些瑣事話題，完全無法演講，甚至連只是站起來對眾賓客說幾句客套話，請大家一起舉杯，她都做不到。她不演講，也很少答應接受採訪，就算採訪到她也很難從她口中得到有趣的內容。她會講的，幾乎都是記者本來就知道、或者自己就可以想得出來的。

例如說白羅這個神探的來歷。克莉絲蒂回答：他應該是個外國人，這樣就能在英國日常生活中看出英國人自己看不出的線索。她自己碰過的外國人，只有第一次大戰剛爆發時到英國避難的比利時人。比利時警察怎麼能跑到英國來？那一定是因為他已經退休了。他有潔癖，所以對於現場會有特殊的直覺，馬上感受到不對勁的地方。一個有潔癖的人，好像應該長得矮小些才相稱，一個矮小有潔癖的人最適當的名字，就是希臘神話裡的大力士「赫丘勒斯（Hercules）」，製造出荒唐的對比趣味。那白羅這個姓是怎麼來的呢？克莉絲蒂很誠實地說：「我不記得了。」

一切都如此順理成章，一切都如此合邏輯，不是嗎？有記者問她怎麼看自己的舞台劇〈捕鼠器〉，創下了英國劇場、甚至全世界劇場連演最多場紀錄的名劇？克莉絲蒂的回答也還是中規中矩，合理合節：那是一齣小戲，在一個小劇院演出，成本很低，任何人想到了都可以帶家人或朋友去看，老少咸宜，並不恐怖，也不特別荒謬打鬧，可是又什麼都有一點，包括恐怖和荒謬打鬧的成分。

她的身上找不出一點傳奇、怪誕色彩，那她為什麼能在五十年間持續寫偵探小說，創造了那麼多謀殺，還創造了那麼多詭計？

首先因為她是女性，以及她的身世，包括她的階級身分，使得她在描寫故事場景時比一般男性作者來得敏感。因為在她之前的偵探推理小說男性作家的階級身分都是高高在上，基本上他們會從較高的角度看社會，比較看不到底層的感受。

而她的婚變以及婚變中遭逢的痛苦，都使她更能體會與觀察，將英國社會的複雜細節融入小說的核心情節，讓探案與線索分析結合在一起。

克莉絲蒂一生結過兩次婚，第一次在一九一四年，婚後不久，丈夫就參加了歐戰，是英國皇家空軍最早一批飛行員。一九二六年，這個丈夫有了外遇，直率地向克莉絲蒂要求離婚，在那之前，克莉絲蒂的媽媽才剛過世，雙重打擊之下，又遇到車子無法發動，克莉絲蒂崩潰了，她棄車而走，忘記了自己究竟是誰，躲進一家鄉間旅館，登記時寫了她心裡唯一有印象的名字——她丈夫情婦的名字。

離婚後，一次在晚宴中，有人提起近東烏爾考古的最新收穫，克莉絲蒂就取消了原定要去西印度群島的計畫，改訂了跨越歐洲到君士坦丁堡的「東方快車」，是的，就是這趟旅程給了她寫《東方快車謀殺案》的靈感。不過更重要的是，在烏爾，她認識了一位年輕的考古學家，比她小十四歲，這個人後來成了她的第二任丈夫。

這位考古學家陪她去參觀在沙漠中的烏克海迪爾城，卻在沙漠中迷路困陷了。幾小時中克莉絲蒂卻沒有一點驚慌不安，當下考古學家就決定要向她求婚。

原來，克莉絲蒂的內心是有這種冒險成分的。要不然她不會兩次選到的，都是喜愛冒險的丈夫，而她本身大概也不會吸引一個在各種危險情境下挖掘古代寶藏的人，讓他願意向一個大他十四歲的女人求婚。

這樣說吧，維多利亞時代後期的英國環境，壓抑限制了克莉絲蒂冒險、追求傳奇的內在衝動，她只好將這樣的衝動寄託在丈夫和寫作上。她一邊陪著第二任丈夫在近東漫走，一邊在小說中寫各式各樣的謀殺與探案。謀殺和探案都是冒險，還有，偵探偵查中做的事——蒐集線索，還原命案過程——其實和考古學家的考掘，如此相似！

克莉絲蒂寫得最好的，正是「藏在日常中的冒險」。她個性中的雙面成分，造就了特殊的偵探魅力。既嚮往非常傳奇，卻又有根深柢固的日常邏輯信念，兩者都在克莉絲蒂的小說中扮演了重要角色。她的謀殺案幾乎都和日常習慣緊密編織在一起，日常環境成了兇手最重要的掩護。有些日常規律明顯地被破壞了，讓我們很自然以為那會是謀殺的線索，沿著這些線索形成了閱讀中的推理猜測，然而白羅早就提醒了，真正重要的反而是那些「細節」，也就是看來像是依隨日常邏輯進行的事，或說藏在日常邏輯中因而不被看重的事，那裡要嘛藏著兇手的核心詭計、煙幕，要嘛藏著兇手致命的破綻。

兇案的構想，就是如何讓異常蓋上日常、正常的面貌，又如何故意將日常、正常予以扭曲，製造假象；那麼偵探要做的，就是如何準確地在日常中分辨出真正的異常，將假的、明顯的異常撥開來，找出細節堆疊起來的異常真相。

此外，克莉絲蒂的小說裡隱藏著極其曖昧的情感價值觀，最典型、最有名的就是《東方快車謀殺案》。透過追查過程，讓讀者知道為什麼凶手要訴諸於這種手段，其動機具有可同情之處，再加上克莉絲蒂對身分階級的觀察，她比較相信或讓讀者相信那些沒有權力、地位的人，隨著偵查節奏去認識可能或必須懷疑的人。克莉絲蒂最擅長營造「多重嫌疑犯」的小說特質，因為讀者在閱讀時必須被迫去認識很多不一樣的人。在她最受歡迎的作品，大概都具備這樣的特質。

當然，她的作品中還有兩個最突出的神探，即白羅和瑪波。白羅是比利時人，但為什麼必須是外國人？這是因為英國人具有高度階級意識，這種觀念一路滲透到所有互動細節，包括人與人之間如何說話。而白羅因為不是英國人，他會發現一般英國人不太看得出來的東西，以及兩個人互動的方法哪裡不正常。至於瑪波為什麼得是老太太？她一如那個年代的老人家，總是靜靜坐著打毛線，因為不起眼，自然讓人放鬆防備，所以瑪波探案的線索都是來自於這樣的互動模式。

然而，白羅有很明顯的優勢，瑪波的身分使她基本上只能進行「靜態」的辦案，案子的空間受到侷限，白羅卻可以跨越各種空間，恣意揮灑。而且白羅擁有警官身分，可以合理出現在各種犯罪現場，瑪波能出現的地方，相形之下就勉強、不自然多了。白羅是明白的outsider，在英國，只要他出現，就會覺得有外人在而感到緊張，於是很容易露出平常不會表現的行為；瑪波則看起來是 insider，但實質上是 outsider，因為總是沒人發現她、當她空氣人。這兩人的探案，是兩個極端。雖然讀者最愛白羅，但克莉絲蒂自己偏愛瑪波勝於白羅。

不管後來的偵探、推理小說發展了多少巧妙詭計，克莉絲蒂卻不會過時，因為她的推理如此密切地和日常纏繞在一起；活在日常中，我們就無可避免被克莉絲蒂的「日常細節推理」吸引，隨時讀來都充滿驚奇趣味。

名家盛讚克莉絲蒂（依推薦時間排序）

金庸（作家）

克莉絲蒂的寫作功力一流，內容寫實，邏輯性順暢，也很會運用語言的趣味。閱讀她的小說，在謎底沒有揭露之前，我會與作者鬥智，這種過程非常令人享受。其作品的高明之處在於：布局的巧妙完全意想不到，而謎底揭穿時又十分合理，讓人不得不信服。

詹宏志（作家、PChome 網路家庭董事長）

推理小說在從先輩柯南．道爾等人的發明中出現力量時，誕生了一位《天方夜譚》故事中每天說故事說個不停的王妃薛斐拉．柴德，也就是「謀殺天后」克莉絲蒂，整個世界對聽這些故事才有如此的熱情。他們捨不得睡覺，每天問後來還有嗎、還有嗎，永遠不肯離去，這就是克莉絲蒂對推理小說的最大貢獻。

可樂王（藝術家）

所謂「克莉絲蒂式」的推理小說，就是一場和一個天才的寫作者或高明的恐怖份子在紙上捕掠捉殺的戰事。即便是一列火車、一處飯店或一間酒吧，在克莉絲蒂寫來皆充滿神祕和猜謎。在人生適合的下午裡，我總是一面嚼著口香糖，一面跟著矮子偵探白羅穿梭謀殺現場，克莉絲蒂的推理作品無疑是推理世界中最充滿「魔術性」的小說。

吳若權（作家、節目主持人）

我從小就對推理小說情有獨鍾，克莉絲蒂一系列的作品尤其令我愛不釋手。多年來，閱讀推理小說的經驗讓我覺悟：讀者在文字情節中推展開來的驚嘆，不只是因緣於故事的本身，而是自我性格的投射。從這個觀點來看克莉絲蒂一系列的作品，她簡直就是洞徹人性的算命師。而讀者，在她的文字中，發現了自己無可奉告的命運。

藍祖蔚（國家電影及視聽文化中心董事長）

做過藥劑師，難免懂得毒藥；嫁給考古學家，難免也就嫻熟文明的神祕；再加上曾經失蹤九天，一切不復記憶的離奇經驗，的確提供了寫作靈感，但若少了想像力，那些片羽靈光縱使辛辣如辣椒，卻不足以成菜。

推理小說重布局、重人物描寫，克莉絲蒂最厲害的卻是犀利的人性觀察，她一手創造的白羅探長，潔癖個性完全和她相反，更將她所憎厭的人格特質集於一身，殊不知，唯有不對著鏡子寫作，才能夠跳出框架與制式反應，開闢無限寬廣的新世界，建構多面向的詭異迷宮。

看完她的小說，你只會更加訝異，到底是什麼樣的心靈才能成就這般視野？

李家同（作家、前暨南大學校長）

克莉絲蒂的整體布局十分細膩，最後案情也都講解得非常詳細，回頭去看，在書中都找得到線索。故事的情節與內容也很好看，不是像一個流氓在街上被殺掉那麼單調。……看小說應該要花腦筋、要思考，從小就要養成思辨的能力，看她的小說，就是對邏輯思考能力極佳的訓練。

袁瓊瓊（作家）

雖然被公認是冷靜理性的謀殺天后，但是在理性之下，克莉絲蒂的底色依舊是感情。克莉絲蒂很明白，所有的慾望之後，都無非是某種愛情。在以性命相搏的犯罪世界裡，兇手以終結他人的性命來遂私欲，不過是為了成全自己的愛，或者是成全自己的恨。

鄧惠文（精神科醫師）

以推理小說作家而言，克莉絲蒂的風格相當獨樹一格。她的偵探在辦案時，靠的不光是科學證據的搜集，而是大量運用犯罪心理學，及對人性的深刻了解。例如在《五隻小豬之歌》中，白羅便是藉由聽取嫌疑犯訴說案情時所不自覺顯露的主觀意識及中心思想，而看出其中破綻，找出真凶。白羅是靠腦袋辦案，以心理層面去剖析案情，即使人們敘述的是同一件事，他可以聽出不同角色因出發點及看待角度不同所透露的情緒觀感，從而抽絲剝繭，還原事實真相。

克莉絲蒂所塑造的人物也生動且各具特色，不同個性所出現的情緒反應描寫，皆細膩而準確，讓讀者產生豐富的想像空間，一展卷便欲罷而不能。

吳曉樂（作家）

克莉絲蒂使用的語言平易近人，主要是以角色與情節的對應來斧鑿出故事的深度，堆疊出讓讀者回味的迂迴空間。而她筆下的角色往往性別、階級、性格、族群各異，塑造出多元又豐富的人物群像。

文學作品不問類型，若要流傳於世，最終仍得上溯至「人性」的理解與反思。而阿嘉莎．克莉絲蒂的作品中，我們可以看到人類屢屢得和自己的人生討價還價，或千方百計讓主觀意識與客觀條件達成某種程度的整合，讀者在重建人物的心理軌跡時，也見識到自身的是非成敗，我認為，這也是克莉絲蒂的作品能夠璀璨經年、暢銷不衰的主因。

許皓宜（心理學作家）

克莉絲蒂筆下的故事看似在談人性的醜惡，實則像一位披著小說家靈魂的心靈引導者，用她的文字訴說著人們得不到「愛」時的痛苦。於是在故事終了的剎那，你不得不對人生多了幾分「看透感」：原來，我們心裡的那些痛苦、報復與自我折磨的慾望，不是因為「憤恨」，而是起於對「愛的失落」。這或許是我們在情感世界中最珍貴且深刻的一種覺察了。

推理小說荒謬驚悚嗎？不，它其實很寫實。它幫我們說出心裡的苦、怨、醜陋的慾望，於是，我們可以重新學習愛了。

一頁華爾滋 Kristin（影評人）

從有記憶以來，閱讀克莉絲蒂最迷人之處往往不在真正的凶手是誰，而是在於「Why」（為什麼）與「How」（如何進行），在於人性與心理描摹的故事肌理。依循其書寫脈絡，會發覺不只是邏輯清晰、布局縝密、著重細節，她總能完美掌握敘事節奏，書中人物彷彿真實存在般鮮明躍然紙上，讀者情緒會隨精準文字保持流轉、跳動、收放，掩卷時並無太多真相水落石出的暢快，反倒淡淡的惆悵化為餘韻襲上心頭，原來還是種種意料之外，卻屬情理之中的人性盲目使然。私以為，那成就了克莉絲蒂的推理故事之所以無比迷人的主因之一。

冬陽（推理評論人）

雖然阿嘉莎．克莉絲蒂的作品並非我的推理閱讀啟蒙，卻是養成閱讀不輟的重要推手。首先，她無庸置疑是個說故事能手，打開我名為好奇的開關；其次是設計犯罪事件的巧妙多元，既日常又異常，凶手更是叫人意想不到。沒錯，我相信每個當讀者的都忍不住想破案，想早偵探一步識破詭計，或者像考試結束鈴響前一秒，瞎猜都要指著某個角色大喊「你就是犯人」！然後會忍不住作弊——不是翻到最後幾頁窺探真凶身分，而是往前翻查讓人起疑的段落、偵探顯然掌握重要線索的時刻，直到忍不住豎白旗投降，看神探（我知道啦，真正把我耍得團團轉的聰明人是作者）頭頭是道地分析我遺漏錯置的片片拼圖，終於看清真相全貌。這，就是偵探推理，我因此熟悉遊戲規則、沉醉在每一場迷人故事裡，成為這個類型書寫的俘虜，享受至今不疲的美好滋味。

石芳瑜（作家、永樂座書店店主）

布局細膩、處處留下線索，破案解說詳細，說明了這位安靜、害羞的推理小說女王心思縝密，且充滿想像力。密室殺人，完美犯罪，《東方快車謀殺案》不愧為古典推理小說的經典。再加上神祕的東方色彩，隨著火車抵達的迫切時間感，連非推理小說迷都會神經拉緊，讀完大呼過癮。

家庭主婦缺少人生經驗？處女座的阿嘉莎．克莉絲蒂充分展現她過人的寫作天分，靠得是從小開始的閱讀，以及對偵探小說的著迷。三十歲寫下第一本偵探小說《史岱爾莊謀殺案》的克莉絲蒂，在那個時代並不能說是「早慧」，但寫作生涯五十五年中，共創作了八十部偵探小說，卻令人難以企及。這位害羞靦腆的小說女神，大概是相信只要有足夠的理由，每個人都有殺人的可能！

余小芳（暨南大學推理研究社指導老師、台灣推理作家協會常務理事）

學生時代加入推理社團，社課指定讀物便是經典作品《一個都不留》，成為我對克莉絲蒂的初步印象，自此沉浸於推理小說的世界。隔年寒假陪同學參與轉學考，在斜風細雨的走廊中，滿足讀完《東方快車謀殺案》。隨著歲月遠走，已昇華成趣味回憶。

踏入推理文學領域需要認識的作家，阿嘉莎．克莉絲蒂絕對名列其中，她的作品常有英國小鎮風光、莊園式的謀殺、設備豪華的交通工具等，還有特色鮮明的偵探活躍其中。書中少有血腥、暴力的橋段，布局巧妙且結構嚴密，手法純粹、知性，故事內容與人物性格融為一體，以高超的想像力結合說好故事的能耐，為推理小說開創新局面。克莉絲蒂推理全集重編改版，值得新舊讀者一起探索。

林怡辰（國小教師、教育部閱讀推手）

多年後，還是難忘第一次閱讀阿嘉莎．克莉絲蒂作品的感動和激動。

這套將近一世紀的作品，文筆流暢，邏輯縝密，過程中不斷與作者較量、猜出凶手，直到最後解答不禁佩服，蛛絲馬跡處處展現作者的精妙手法，於是又拿起另一部作品，再次沉溺在謀殺天后所編織的日常世界中的奇幻，無可自拔。犯罪動機和手法穿越時空限制，如今讀來合理且依舊令人感動，閱讀中趣味橫生，難怪成為後來諸多偵探小說的原型。

克莉絲蒂創作生涯中產出的八十部推理作品，至今多部躍上大銀幕，無怪乎被稱之為「經典」，喜愛推理偵探作品的人不可不讀，你會驚異於她在文字中施展的魔法！

張東君（推理評論家、科普作家）

我愛克莉絲蒂！這位在台灣有時會被稱為克奶奶的超級暢銷推理小說家，即使是自認沒讀過她的書的人，也都會在各種書籍或影視作品中看到對她致敬的片段。由於她喜歡旅行和冒險，那些經驗與體驗都成為書中的場景，因此閱讀她的作品時，不只是雀躍地跟著偵探推理，也有了虛擬的旅行體驗。或者當成旅遊導覽書，在出發去尼羅河、去英國鄉間、去搭船搭火車時，就塞一本克奶奶的作品到隨身背包中。

我還是大學新生時，就聽學姐說她哥哥經常看克奶奶的小說，而且邊看邊狂笑。於是我跟著效仿，在某次搭飛機之前買了第一本小說當旅伴，不只看得超開心，看完後還到處找尋書中出現的那種有兜帽的斗篷，當成出門時的必備用品。克奶奶的作品是跨越文字、國界的。只要看過一本，就會不停地追下去。還好，真的是還好只有八十本。何況這次是全新校訂的紀念珍藏版，當然不能錯過！

發光小魚（呂湘瑜）（文史作家、助理教授）

一部好的偵探小說，除了情節設計巧妙之外，還需要洞悉人性，如此方能合理地交代人物的言行舉止與動機。阿嘉莎．克莉絲蒂便是其中翹楚，她的作品不管是偵探、愛情小說或戲劇，必要元素都是謎題與人性。在寧靜無波的場景下暗潮洶湧，永遠都有意料之外，讀者的情緒也會隨著劇情的進行起伏糾結。克莉絲蒂觀察到時代的變化，將犯罪心理融入作品中，於是，看她的小說不只能得到解謎的快樂，同時對人性也能夠有所省思。

此外，克莉絲蒂豐富的人生歷練及旅行經歷，例如一九二二年的環球之旅、居住過也旅行過的巴黎和埃及，甚至是追隨考古學家丈夫前往的中東，都讓她的小說讀來更加充滿異國情調。如果你也愛旅行，不如就讓我們一同搭上那一班南法的藍色列車，或由伊斯坦堡出發的東方快車，跟著白羅鑽進一樁奇案，一嘗旅程中破解謎題的快感吧。

盧郁佳（作家）

國小時，家裡買了一套阿嘉莎．克莉絲蒂全集，從此成了我的毒品，在白癡課本將我的腦袋啃噬成海綿般空洞時，撫慰受創的心靈，那時我仍對人心險惡一無所知。

數學課教你列算式，樂趣遠不如克莉絲蒂教你住宅平面圖、偷換時序的密室魔術，你從庭園長窗進房間，我從房門直通鄰房，他從走廊進房……從而學會故事是建構邏輯。她文風多變，時而《四大天王》中讓神探白羅向助手海斯汀大賣關子，眉頭緊皺，山雨欲來，預示天翻地覆，只能靠他拯救世界；時而用維吉尼亞．吳爾芙《自己的房間》中俏皮的語言，讓貧苦村姑安妮在《褐衣男子》中回憶南非出生入死的冒險，竟源於她耽讀村裡圖書館爛舊的冒險愛情小說，還有戲院每週末放映〈帕米拉歷險記〉，帕米拉每集從飛機跳落高空、搭潛艇、爬上摩天大樓，每次被黑幫老大抓到總不一刀斃命，卻老要用瓦斯毒死她，暗示續集又會逃出生天。

長大才發現，克莉絲蒂小說就是我的〈帕米拉歷險記〉：它以歌劇般輝煌龐大的天真陰謀、精細的人際觀察（一句話重音放在哪個字、從膝蓋鑑定女人的年齡等），召喚年輕讀者抱持浪漫精神投入未知的壯遊，瘋魔、衝撞、冒犯，傷痕累累毫無懼色。正如瓦斯在冒險片中太多、現實中卻太少；陰謀在現實中沒有克莉絲蒂寫得那麼複雜，但她刻畫的心理卻是現實中解謎的試金石。

賴以威（臺灣師範大學電機系副教授）

或許可以為經典下幾個定義：該領域的愛好者更都讀過；不是這個領域的愛好者，許多人也都聽過；影響後續的作品，在很多著作中都可以看到它的影子；值得反覆再三閱讀，每隔一陣子再讀都可以獲得閱讀的樂趣，有更多的體悟。我永遠記得第一次讀《東方快車謀殺案》時，被那宛如嚴謹設計數學謎題的鋪陳、推進給深深吸引、震撼。從這幾個角度來說，克莉絲蒂的推理小說被稱之為「經典」，可說是當之無愧。

謝哲青（作家、旅行家、知名節目主持人）

克莉絲蒂小說的魅力在於透過每個角色的對白，藉由不斷的說話來表現人物的個性，以彰顯其人格特質中一些無法被忽略的事實。我們從他們的言語、講話的過程和字裡行間，竟然就能知道誰是凶手。

我從克莉絲蒂的小說學到很多，除了推理小說有趣的事實之外，最重要的是，我在工作的職場跟人應對的時候，如何從語言和對話裡去捕捉某些隱而不顯的事實。許多人們欲蓋彌彰的東西，無論心事也好、祕密也好，克莉絲蒂都會用文學的手法，讓你理解語言的奧妙和魅力。

克莉絲蒂的書寫會讓你覺得彷彿自己也在現場，你可以從聽到的對話當中，學會如何理解人心的一些小技巧，這是小說家最出色、最偉大的地方。我們必須學習傾聽別人說話——這些人講話是真誠的嗎？他想要跟你分享什麼資訊？這些資訊可靠嗎？——這是我在閱讀推理小說時，最大的收穫和理解。

阿嘉莎·克莉絲蒂大事記

1890		• 九月十五日出生於英格蘭德文郡托基鎮。
1894	4 歲	• 開始在家自學，父母親、姐姐教導閱讀、寫作、算術和彈鋼琴。
1895	5 歲	• 家中經濟走下坡，舉家搬至法國，學會流利的法語。
1905	15 歲	• 在巴黎寄宿學校學鋼琴和聲樂，但生性極度害羞，未成為職業鋼琴家，最終回到英國。
1907	17 歲	• 陪同母親前往埃及調養身體，對社交活動充滿興趣，但尚未對日後感興趣的埃及古物點燃熱情。 • 回英國後繼續寫作、參與業餘戲劇表演。
1908	18 歲	• 寫出第一篇短篇小說〈麗人之屋〉，同時也寫出第一部愛情小說《白雪黃漠》，以筆名向出版社投稿，但屢遭退稿。
1912	22 歲	• 與英國皇家軍官亞契·克莉絲蒂（Archibald Christie）熱戀。 • 八月爆發第一次世界大戰，亞契奉派到法國作戰。
1914	24 歲	• 耶誕夜結婚，亞契隨即返回戰場。克莉絲蒂參與紅十字會工作，在醫院擔任護士和藥劑師，因此對藥理和毒物非常熟悉，造就後來多部推理小說情節都以毒藥殺人。
1916	26 歲	• 開始嘗試寫推理小說，寫出第一部小說《史岱爾莊謀殺案》，主角偵探赫丘勒·白羅的靈感，來自於大戰期間英國鄉間的比利時難民營。本書歷經數家出版社退稿後，終獲柏德雷·海德（The Bodley Head）圖書公司的出版機會，之後並簽下另五本小說的合約。
1919	29 歲	• 前一年亞契返回英國，八月生下女兒露莎琳。

1920	30歲	• 出版《史岱爾莊謀殺案》。
1922	32歲	• 出版第二部小說《隱身魔鬼》，主角是夫妻檔偵探湯米和陶品絲。 • 與亞契至南非、澳洲、紐西蘭、夏威夷和加拿大等國旅行十個月，在南非得到《褐衣男子》的靈感。
1923	33歲	• 三月出版第三部小說《高爾夫球場命案》，白羅再度登場。
1926	36歲	• 四月母親過世，克莉絲蒂陷入憂鬱。 • 六月在「威廉・柯林斯父子出版社」出版《羅傑艾克洛命案》。 • 八月亞契因外遇提出離婚，十二月初一次爭吵後，克莉絲蒂離家棄車失蹤，消息登上全國新聞。
1927	37歲	• 一月在悲痛心情中寫出《藍色列車之謎》，第一次創造出聖瑪莉米德村，即後來瑪波小姐居住的村子。 • 分居期間在雜誌刊登以白羅為主角的短篇小說，後來集結出版《四大天王》。 • 十二月在雜誌刊登短篇小說〈週二夜間俱樂部〉，瑪波小姐初登場，後來收錄在一九三二年出版的短篇小說集《十三個難題》。
1928	38歲	• 十月正式離婚，仍保留「克莉絲蒂」姓氏。 • 秋天搭乘「東方快車」前往土耳其的伊斯坦堡，再轉往伊拉克首都巴格達，參觀考古現場烏爾，認識考古學家伍利夫婦（Leonard and Katharine Woolley）。
1930	40歲	• 二月應伍利夫婦之邀再訪烏爾，認識考古學家麥克斯・馬龍（Max Mallowan），九月於英國愛丁堡結婚。這段婚姻開啟克莉絲蒂旺盛的創作生涯，兩人到中東考古現場的旅行為許多作品帶來靈感。

- 婚後克莉絲蒂開始維持固定的寫作行程。十月出版《牧師公館謀殺案》，是第一部以瑪波小姐為主角的小說。
- 出版第一部以「瑪麗·魏斯麥珂特」（Mary Westmacott）為筆名的《撒旦的情歌》，並陸續發表了五部非犯罪小說。

1932	**42 歲**	• 出版《危機四伏》。
1934	**44 歲**	• 出版《東方快車謀殺案》，是白羅海外辦案三部曲之一，故事靈感來自中東的旅行經歷。一九七四年第一次改編成電影大獲好評。
1936	**46 歲**	• 出版《美索不達米亞驚魂》，白羅海外辦案三部曲之二。
1937	**47 歲**	• 出版《尼羅河謀殺案》，白羅海外辦案三部曲之三，故事背景是年輕時與母親同遊的埃及。一九七八年第一次改編成電影大受歡迎。
1939	**49 歲**	• 二次大戰期間，克莉絲蒂在大學學院醫院擔任義務藥師，學習到最新的毒藥知識，對於推理小說寫作大有助益。 • 出版《一個都不留》，是克莉絲蒂最著名作品之一。
1941	**51 歲**	• 出版《密碼》，呈現出克莉絲蒂對戰爭的看法。 • 出版《豔陽下的謀殺案》。
1942	**52 歲**	• 出版《藏書室的陌生人》、《五隻小豬之歌》等名作。
1944	**54 歲**	• 以「瑪麗·魏斯麥珂特」為筆名出版第三部作品《幸福假面》，被美國書評人發現是克莉絲蒂的作品，讓她從此失去匿名創作的自在樂趣。

1950	60 歲	• 獲選為皇家文學學會的會員。
1953	63 歲	• 出版《葬禮變奏曲》。
1956	66 歲	• 一月獲頒大英帝國爵級大十字勳章（GBE）。 • 十一月以「瑪麗・魏斯麥珂特」為筆名出版《愛的重量》，是這個筆名的最後一部作品。
1958	68 歲	• 成為「偵探作家俱樂部」主席。
1960	70 歲	• 馬龍獲頒大英帝國爵級大十字勳章。
1961	71 歲	• 獲得艾克塞特大學頒發榮譽文學博士學位。
1968	78 歲	• 馬龍獲封為爵士，克莉絲蒂亦被稱為馬龍爵士夫人。
1971	81 歲	• 獲頒大英帝國爵級司令勳章（DBE），獲封為女爵士。
1973	83 歲	• 出版最後一部創作《死亡暗道》，亦為湯米和陶品絲最後一次辦案。
1974	84 歲	• 最後一次公開露面，出席電影《東方快車謀殺案》首映會。
1975	85 歲	• 八月六日，白羅成為有史以來第一次在《紐約時報》頭版刊出訃聞的小說主角，宣傳九月即將出版的《謝幕》，這也是白羅最後一次辦案。
1976	86 歲	• 一月十二日去世。 • 十月出版《死亡不長眠》，瑪波小姐的最後一次辦案。

克莉絲蒂推理原著出版年表

1920 史岱爾莊謀殺案 The Mysterious Affair at Styles（神探白羅系列）
1922 隱身魔鬼 The Secret Adversary（神探湯米＆陶品絲系列）
1923 高爾夫球場命案 The Murder on the Links（神探白羅系列）
1924 白羅出擊 Poirot Investigates（神探白羅系列）
1924 褐衣男子 The Man in the Brown Suit（神探雷斯上校系列）
1925 煙囪的祕密 The Secret of Chimneys（神探巴鬥主任系列）
1926 羅傑艾克洛命案 The Murder of Roger Ackroyd（神探白羅系列）
1927 四大天王 The Big Four（神探白羅系列）
1928 藍色列車之謎 The Mystery of the Blue Train（神探白羅系列）
1929 七鐘面 The Seven Dials Mystery（神探巴鬥主任系列）
1929 鴛鴦神探 Partners in Crime（神探湯米＆陶品絲系列）
1930 牧師公館謀殺案 The Murder at the Vicarage（神探瑪波系列）
1930 謎樣的鬼豔先生 The Mysterious Mr. Quin（神探鬼豔先生系列）
1931 西塔佛祕案 The Sittaford Mystery
1932 十三個難題 The Thirteen Problems（神探瑪波系列）
1932 危機四伏 Peril at End House（神探白羅系列）
1933 十三人的晚宴 Lord Edgware Dies（神探白羅系列）
1933 死亡之犬 The Hound of Death
1934 三幕悲劇 Three Act Tragedy（神探白羅系列）
1934 李斯特岱奇案 The Listerdale Mystery
1934 帕克潘調查簿 Parker Pyne Investigates（神探帕克潘系列）
1934 東方快車謀殺案 Murder on the Orient Express（神探白羅系列）
1934 為什麼不找伊文斯？ Why Didn't They Ask Evans?
1935 謀殺在雲端 Death in the Clouds（神探白羅系列）
1936 ABC 謀殺案 The A.B.C. Murders（神探白羅系列）
1936 底牌 Cards on the Table（神探白羅系列）
1936 美索不達米亞驚魂 Murder in Mesopotamia（神探白羅系列）

1937 巴石立花園街謀殺案 Murder in the Mews（神探白羅系列）
1937 尼羅河謀殺案 Death on the Nile（神探白羅系列）
1937 死無對證 Dumb Witness（神探白羅系列）
1938 白羅的聖誕假期 Hercule Poirot's Christmas（神探白羅系列）
1938 死亡約會 Appointment with Death（神探白羅系列）
1939 一個都不留 And Then There Were None
1939 殺人不難 Murder Is Easy/Easy to Kill（神探巴鬥主任系列）
1940 一，二，縫好鞋釦 One, Two, Buckle My Shoe（神探白羅系列）
1940 絲柏的哀歌 Sad Cypress（神探白羅系列）
1941 密碼 N Or M?（神探湯米＆陶品絲系列）
1941 豔陽下的謀殺案 Evil Under the Sun（神探白羅系列）
1942 五隻小豬之歌 Five Little Pigs（神探白羅系列）
1942 藏書室的陌生人 The Body in the Library（神探瑪波系列）
1943 幕後黑手 The Moving Finger（神探瑪波系列）
1944 本末倒置 Towards Zero（神探巴鬥主任系列）
1945 死亡終有時 Death Comes as the End
1945 魂縈舊恨 Remembered Death（神探雷斯上校系列）
1946 池邊的幻影 The Hollow（神探白羅系列）
1947 赫丘勒的十二道任務 The Labours of Hercules（神探白羅系列）
1948 順水推舟 Taken at the Flood（神探白羅系列）
1949 畸屋 Crooked House
1950 謀殺啟事 A Murder Is Announced（神探瑪波系列）
1951 巴格達風雲 They Came to Baghdad
1952 殺手魔術 They Do It with Mirrors（神探瑪波系列）
1952 麥金堤太太之死 Mrs. McGinty's Dead（神探白羅系列）
1953 黑麥滿口袋 A Pocket Full of Rye（神探瑪波系列）
1953 葬禮變奏曲 After the Funeral（神探白羅系列）

1954　未知的旅途 Destination Unknown
1955　國際學舍謀殺案 Hickory, Dickory, Dock（神探白羅系列）
1956　弄假成真 Dead Man's Folly（神探白羅系列）
1957　殺人一瞬間 4:50 from Paddington（神探瑪波系列）
1958　無辜者的試煉 Ordeal by Innocence
1959　鴿群裡的貓 Cat Among the Pigeons（神探白羅系列）
1960　哪個聖誕布丁？ The Adventure of the Christmas Pudding（神探白羅系列）
1961　白馬酒館 The Pale Horse
1962　破鏡謀殺案 The Mirror Crack'd from Side to Side（神探瑪波系列）
1963　怪鐘 The Clocks（神探白羅系列）
1964　加勒比海疑雲 A Caribbean Mystery（神探瑪波系列）
1965　柏翠門旅館 At Bertram's Hotel（神探瑪波系列）
1966　第三個單身女郎 Third Girl（神探白羅系列）
1967　無盡的夜 Endless Night
1968　顫刺的預兆 By the Pricking of My Thumbs（神探湯米＆陶品絲系列）
1969　萬聖節派對 Hallowe'en Party（神探白羅系列）
1970　法蘭克福機場怪客 Passengers to Frankfurt
1971　復仇女神 Nemesis（神探瑪波系列）
1972　問大象去吧 Elephants Can Remember（神探白羅系列）
1973　死亡暗道 Postern of Fate（神探湯米＆陶品絲系列）
1974　白羅的初期探案 Poirot's Early Cases（神探白羅系列）
1975　謝幕 Curtain: Hercule Poirot's Last Case（神探白羅系列）
1976　死亡不長眠 Sleeping Murder（神探瑪波系列）
1979　瑪波小姐的完結篇 Miss Marple's Final Cases（神探瑪波系列）
1991　情牽波倫沙 Problem at Pollensa Bay
1997　殘光夜影 While the Light Lasts

國家圖書館出版品預行編目（CIP）資料

白羅的聖誕假期 / 阿嘉莎．克莉絲蒂（Agatha Christie）著；黃曉鵑譯. -- 二版. -- 臺北市：遠流出版事業股份有限公司, 2023.04
面； 公分. -- (克莉絲蒂繁體中文版20週年紀念珍藏 ; 30)
譯自：Hercule Poirot's Christmas
ISBN 978-626-361-008-8(平裝)

873.57　　112002184

克莉絲蒂繁體中文版 20 週年紀念珍藏 30

白羅的聖誕假期

作者 / 阿嘉莎．克莉絲蒂
譯者 / 黃曉鵑

主編 / 陳懿文、余式恕　校對 / 呂佳真
封面、內頁設計 / 謝佳穎　排版 / 連紫吟、曹任華
行銷企劃 / 舒意雯　出版一部總編輯暨總監 / 王明雪

發行人 / 王榮文
出版發行 / 遠流出版事業股份有限公司
地址 / 104005臺北市中山北路一段11號13樓
電話 / (02)2571-0297　傳真 / (02)2571-0197　郵撥 / 0189456-1
著作權顧問 / 蕭雄淋律師

2002年12月1日 初版一刷
2023年4月1日 二版一刷
定價 / 新臺幣380元（缺頁或破損的書，請寄回更換）

ISBN 978-626-361-008-8

遠流博識網 http://www.ylib.com　E-mail: ylib@ylib.com
遠流粉絲團 https://www.facebook.com/ylibfans